A

Nora Ephron

WAS NIE IM TREND LAG, KOMMT AUCH NIEMALS AUS DER MODE

Und andere Wahrheiten aus dem Leben einer Frau

Aus dem amerikanischen Englisch von
Maria Hummitzsch

Mit einem Vorwort von
Dolly Alderton

ATLANTIK

Die Originalausgabe erschien unter dem Titel
I Feel Bad About My Neck bei Vintage, New York, 2008.

Diese Übersetzung wird in Abstimmung mit Alfred A. Knopf, ein Imprint der Knopf Doubleday Group, Penguin Random House, LLC veröffentlicht.

Zitat auf S. 147: aus: Marcel Proust: *Auf der Suche nach der verlorenen Zeit, Band 1: Auf dem Weg zu Swann*, Übersetzung und Anmerkungen von Bernd-Jürgen Fischer © Philipp Reclam jun. Verlag GmbH, Ditzingen.

Atlantik ist ein Imprint des Hoffmann und Campe Verlags, Hamburg.

1. Auflage 2021

Im englischen Original erstmals erschienen in: *I Feel Bad About My Neck. Introduction by Dolly Alderton*, Doubleday, London, 2020.
www.hoffmann-und-campe.de
Umschlaggestaltung und Illustration: Vivian Bencs
© Hoffmann und Campe
Satz: Pinkuin Satz und Datentechnik, Berlin
Gesetzt aus der Minion
Druck und Bindung: GGP Media GmbH, Pößneck
Printed in Germany
ISBN 978-3-455-01264-4

HOFFMANN UND CAMPE

Ein Unternehmen der
GANSKE VERLAGSGRUPPE

Inhalt

Vorwort

In ihrem Essay *Serielle Monogamie: Ein Erfahrungsbericht* schreibt Nora Ephron über ihre zahlreichen Liebschaften mit Kochbüchern und deren Autor*innen. Sie schildert, wie sie die Rezepte von Michael Field und Julia Child nachgekocht und dabei »in Gedanken Gespräche mit beiden« geführt hat. Zufälligerweise führe ich, seit ich mit Anfang zwanzig zum ersten Mal *Was nie im Trend lag, kommt auch niemals aus der Mode* gelesen habe, in Gedanken Gespräche mit Nora Ephron.

Wenn ich eine Kolumne beendet habe, lese ich sie Nora laut vor und höre, wie sie mich auf übertrieben blumige Passagen oder lahme Pointen hinweist. Schreibe ich einen Dialog, lässt sie mich wissen, welche Stellen unglaubwürdig klingen. Während der Arbeit an meinem Memoir habe ich sie immer wieder gefragt, ob ich ihre perfekte Balance zwischen weich und hart hinbekomme – zwischen Zynismus und Begeisterung, das richtige Verhältnis von Ausführlichkeit zu Kürze, die passende Dosis Realität, gemischt mit der passenden Dosis Romantik.

Ich frage sie in fast jeder Angelegenheit um Rat, und in meinem Alltag habe ich einzelne Sätze aus diesem Buch immer im Hinterkopf. Ich muss bei der Pediküre an sie denken (»Das Drittbeste an einer Pediküre ist, dass die Füße danach wirklich bezaubernd aussehen«), beim Kleiderkauf (»Man sollte niemals etwas kaufen, das zu hundert Prozent aus Wolle besteht«), wenn ich im Flugzeug nervös werde (»Das Flugzeug wird nicht abstürzen«) oder im Restaurant sitze (»Man sollte immer zu viel Trinkgeld geben«).

Alle vertrauen Nora. Ihre Stimme ist beruhigend und wunderbar direkt – vor allem in dieser Essaysammlung. Sagt sie einem, man solle Limabohnenauflauf mit Birnen kochen, kocht man Limabohnenauflauf mit Birnen. Sagt sie, man könne gar nicht zu viele schwarze Rollkragenpullover besitzen, kauft man bei Marks & Spencer die Kaschmirabteilung leer. Sagt sie, man brauche einen in den Schreibtisch eingebauten Papierkorb, geht man die IKEA-Möbel mit der Säge an. In einer Welt der verwirrend vielen Möglichkeiten versprechen Nora Ephrons anspruchsvolle, genaue, lehrreiche und praxiserprobte Weisheiten aus dem Mund einer gebildeten, stets in Schwarz gekleideten Frau Trost und Entlastung. Aus diesem Grund habe ich *Was nie im Trend lag, kommt auch niemals aus der Mode* öfter verschenkt als jedes andere Buch. Ich kaufe es so regelmäßig nach, dass ich es einigen Freundinnen doppelt überreicht habe, an zwei aufeinanderfolgenden Geburtstagen.

Und obwohl ich es auch an meine männlichen Freunde verschenke, sind diese mutig ausgesprochenen Wahrheiten über die triviale und politische Unübersichtlichkeit weiblichen Lebens vor allem ein Leitfaden für Frauen. Nora Ephron hat ihre Essays in einer Zeit vor den sozialen

Medien geschrieben (um deren Moralmafia sie sich, davon bin ich überzeugt, nicht gekümmert hätte), und über die Anforderungen an die moderne Frau äußert sie sich erfrischend offen. Sie schildert einerseits ihre Verwirrung darüber, andererseits ihre stellenweise Anpassung daran – ein verwirrendes Dilemma, in dem sich viele Frauen täglich wiederfinden und das in jedem Fall Schuldgefühle erzeugt. Nora Ephron führt uns den Wahnwitz des Ganzen vor Augen und zeigt uns, wo sie sich fügt und wo sie rebelliert. Beispielsweise will sie sich nicht zu einer Handtasche überreden lassen, weil Handtaschen teuer und unpraktisch sind: »Weshalb sich der Handtaschentrend bei Männern auch nicht durchsetzt. Wenn die eine Hand mit dem Tragen irgendeiner Tasche ausgelastet ist, ist sie nicht frei für all die aufregenden Dinge, die man womöglich mit ihr anstellen könnte: sich durch Menschenmassen drängeln zum Beispiel, geliebte Menschen umarmen, sich die glitschige Kletterstange zum Erfolg hochkämpfen oder aufgeregt ein Taxi heranwinken.« Haarentfernung in der Bikinizone braucht nur, wer einen Bikini tragen möchte, aber wenn es so weit ist, empfiehlt sie Atemübungen aus dem Geburtsvorbereitungskurs: »Ich kann den Kurs sehr empfehlen, wenn auch nicht zur Geburtsvorbereitung, denn dafür ist er praktisch nutzlos.« Sie lässt sich zweimal wöchentlich die Haare machen, denn das ist »weit billiger als eine Psychoanalyse und macht viel mehr Spaß«. Und sie rät zur ständigen Instandhaltung, denn »sollte man im Supermarkt einem Typen begegnen, der einen irgendwann mal abgewiesen hat, muss man sich nicht hinter einem Stapel Dosen verstecken«.

Solche bescheidenen und selbstironischen Beobachtungen bilden den leisen Grundton ihrer unverwechselbaren Komik. Sie braucht uns nicht zu erklären, wie schick, intelligent und beliebt sie ist, denn all das kommt in ihren Sätzen und Geschichten ganz unangestrengt zum Vorschein. Stattdessen enthüllt sie beherzt auch ihre weniger anziehenden Eigenschaften, egal ob sie uns beichtet, dass sie und ihre Freundinnen Stehkragen tragen, um die alternden »Truthahnhälse« zu verstecken, und am Ende aussehen wie »die weiße Version der Ladys aus *Töchter des Himmels*, oder ob sie uns mitteilt: »Leider muss ich Ihnen sagen, dass ich einen Bart habe.« In *Die Geschichte meines Lebens in 3500 Wörtern oder weniger* erklärt sie: »Wenn man auf einer Bananenschale ausrutscht, lachen die Leute über einen; aber wenn man den Leuten erzählt, dass man auf einer Bananenschale ausgerutscht ist, lacht man selbst. So wird man nicht zum Opfer, sondern zur Heldin des Witzes.« Nora Ephrons Komik steht beispielhaft nicht für einen Schreib-, sondern für einen Lebensstil. Für den unbändigen, gut gelaunten, risikofreudigen Elan, Erfahrungen zu den eigenen Bedingungen zu machen.

Ihr treffsicherer und wortgewandter Witz lebt auch von ihrer Liebe zum Detail. Sie war eine große Anhängerin der Kunst der Genauigkeit, die aus sämtlichen ihrer Texte spricht – den journalistischen Arbeiten, den Filmdialogen und selbst den Kochrezepten. In ihren Essays zeigt sich diese Besessenheit immer wieder und garantiert ein großes Lesevergnügen, egal ob sie eine kurze Abhandlung über die Geschichte der Salatmoden schreibt, über ihre emotionale Hinwendung zu, Enttäuschung über und einseitige Beziehung mit Bill Clinton oder über ihre leidenschaftliche Affäre mit ihrem Wohngebäude, die sich, als die Mietpreisbindung ausläuft, als ein typischer Fall von unerwiderter Liebe entpuppt. Es sind diese bis ins Kleinste ausgearbeiteten Details, die ihre Kunst so originell machen, und ganz nebenbei umschifft sie selbst bei vielfach bearbeiteten Themen elegant alle Klischees.

Ihr Timing macht die Geschichten hochspannend, denn selbst in der Rolle der Essayistin bleibt Nora Ephron im Grunde eine Drehbuchautorin. Das Kino war nicht nur ihr Beruf, sie hatte es im Blut (beide Eltern schrieben Hollywooddrehbücher), und sie wusste, wie man ein Narrativ durchgestaltet: Ungewissheit, Spannung, Höhepunkt, Überraschung, Finale. In der Kolumne vom verlorenen Krautstrudel gelingt es ihr, die Suche nach einem bestimmten New Yorker Gebäck als fesselnden Mysterykrimi darzustellen. In *Ich und JKF: Jetzt kann ich es ja erzählen* testet sie ihre Fähigkeiten als Storytellerin in einem wohl getakteten Stück mit absolut antiklimaktischem Ende aus, und es gelingt ihr mit Bravour.

Doch auch die Journalistin Ephron ist immer mit dabei. Nora Ephron hat ihre Karriere in einer Nachrichtenredaktion begonnen, und sie hat die Zunft und den Zusammenhalt geliebt. Die Herausgeberin Tina Brown schrieb in ihren *Vanity Fair Diaries*, eine gute Journalistin sei eine Person, die das Entscheidende wahrnehme – ein Talent, das sich nicht erlernen lässt und das Nora Ephron im Übermaß hatte. Ihre Essays sind angereichert mit Anekdoten von

Freundinnen (besonders gut gefällt mir die von Jane, die mit einem berühmten Schriftsteller schlief; er bewahrte eine Kiste mit seinen Büchern direkt neben der Haustür auf und forderte seine Geliebten auf, sich auf dem Weg nach draußen eins mitzunehmen) und mit Zufällen, denen sie aus reiner Neugier weiter nachging, wie beispielsweise der Entdeckung, dass Nancy Reagan in LA in derselben Boutique einkauft wie sie, woraufhin sie sich plötzlich furchtbar alt fühlt. Sie beobachtete pausenlos, und es wurde zu ihrem Mantra: »In allem steckt eine Story.« Das hatte ihre Mutter früher immer zu ihr gesagt. In diesem Buch findet sich noch ein weiterer Ratschlag ihrer Mutter, den diese ihr gab, als sie im Krankenhaus im Sterben lag: »Du bist eine Reporterin, Nora. Mach dir Notizen.«

In *Was nie im Trend lag, kommt auch niemals aus der Mode* geht es um das Altern, wie es in der Reflexion früherer Lebensentscheidungen und möglicher Reue erforscht wird; um Lektionen, die gelernt, Weisheiten, die gesammelt, und Fehler, die gemacht wurden. Das Thema passt perfekt zu Ephrons typisch bittersüßer Herangehensweise, und schon auf den ersten Seiten warnt sie uns, dass ihr Ausblick aufs Altern kein Lobgesang wird: »Hin und wieder lese ich ein Buch übers Altern, und egal von wem es stammt, es heißt immer, es sei großartig, alt zu sein. Es sei ein Gewinn, weise und klug und milde zu sein; es sei ein Gewinn, sich im Leben an einem Punkt zu befinden, wo man wisse, was wirklich zähle. Ich kann Leute nicht ausstehen, die so reden. Was denken die sich? Haben die keinen Hals?«

In *Was wäre denn die Alternative?*, dem letzten und meiner Ansicht nach stärksten Essay des Bandes, setzt unsere Heldin ihren Kummer über das Älterwerden in ein Spannungsverhältnis zum Glück, noch am Leben zu sein; und hinzu kommt der Frust, über keins von beidem reden zu dürfen, ohne gleich als »morbide« zu gelten. Das ist ebenso schonungslos wie tröstlich, eine leise Klage und gleichzeitig eine Liebeserklärung an das Leben selbst. Denn all das – das Leben – hat Nora Ephron spürbar geliebt, was das letzte Kapitel dieses Buches umso schöner und trauriger macht. Über die Alternative nachzudenken, fiel ihr schwer, denn ihr Leben mitsamt seinen Freuden und Enttäuschungen, den zufälligen und den schicksalhaften Begegnungen, den alltäglichen und den bedeutsamen Momenten hat sie sehr genossen. Sie sucht eine ganze Stadt nach einem bestimmten Krautstrudel ab, belauscht einen aufregenden Nachbarschaftsstreit, kippt zu viel von ihrem Lieblingsöl ins Badewasser, kocht erfolgreich Rezepte nach, schwelgt in den Anekdoten ihrer Freundinnen und sammelt Geschichten. Nora Ephron hat es geliebt zu leben und zu lernen. Dass sie uns ihre Aufzeichnungen überlassen hat, ist ein großes Glück.

Dolly Alderton, 2020

Aus dem Englischen von Eva Bonné

Für Nick, Jacob und Max

Ich schäme mich für meinen Hals

Ich schäme mich für meinen Hals. Oh, und wie. Wenn Sie ihn sehen würden, würden Sie sich vielleicht auch für ihn schämen, aber wahrscheinlich wären Sie so höflich, es zu überspielen. Wenn ich Ihnen gegenüber etwas zu dem Thema sagen würde, beispielsweise »Ich finde meinen Hals furchtbar«, würden Sie sicher etwas Nettes erwidern, beispielsweise »Ach was, so ein Unsinn«. Das wäre natürlich gelogen, aber ich verzeihe Ihnen. Lügen wie diese kommen mir ständig über die Lippen, meist bei Freundinnen, die aufgelöst sind, weil sie kleine Tränensäcke unter den Augen haben oder hängende Wangen oder Falten oder Speckröllchen, und wissen wollen, ob ich nicht auch fände, dass sie eine Lidstraffung oder eine Gesichtsstraffung oder Botox oder eine Fettabsaugung bräuchten. Meiner Erfahrung nach ist der Satz »Ach was, so ein Unsinn« ein Code für »Ich sehe, was du meinst, aber glaub ja nicht, dass ich mich in die Sache hineinziehen lasse«. Wie wir alle wissen, ist es gefährlich, sich in solche Themen verwickeln zu lassen. Denn wenn ich sagen würde: »Ja, ich sehe, was du meinst«, zieht meine Freundin vielleicht los und lässt sich zum Beispiel die Augen machen, und vielleicht klappt es nicht, und vielleicht endet sie dann wie die Leute aus der Klatschpresse, die ihren Schönheitschirurgen verklagen, weil sie die Augen nicht mehr schließen können. Außerdem, und das ist der Punkt, wäre es *Alles meine Schuld.* Ich bin ein gebranntes Kind, was diesen *Alles meine Schuld*-Aspekt angeht, da ich einer Freundin nie verziehen habe, dass sie mir 1976 davon abgeraten hat, eine völlig passable Wohnung in der East 75th Street zu kaufen.

Manchmal treffe ich mich zum Mittag mit den Mädels – an der Stelle ertappe ich mich. Ich meine natürlich meine Freundinnen, allesamt gestandene Frauen. Wir sind keine Mädels mehr, und das schon seit über vierzig Jahren. Jedenfalls treffen wir uns manchmal zum Mittag, und wenn ich dann einen Blick in die Runde werfe, merke ich, dass wir alle Rollkragenpullover tragen. Manchmal tragen wir auch alle Tücher wie Katharine Hepburn in *Am goldenen See.* Oder wir tragen Mandarinkragen und sehen aus wie die weiße Version der Ladys aus *Töchter des Himmels.* Irgendwie ist es lustig und irgendwie auch traurig, denn wir sind nicht neurotisch, was das Alter betrifft, keine von uns gibt sich jünger aus, als sie ist, und keine von uns zieht sich unpassend an. Wir haben uns alle gut gehalten für unser Alter. Bis auf den Hals.

Ach, Hälse! Es gibt Hühnerhälse und Truthahnhälse und Elefantenhälse. Es gibt Hälse mit Lappen und Hälse mit Falten, die bald zu Lappen werden. Es gibt dürre Hälse und dicke Hälse, schlaffe Hälse und kreppartige Hälse, wulstige Hälse und zerfurchte Hälse, sehnige Hälse, schlabbrige Hälse, wabblige Hälse und fleckige Hälse. Und es gibt Hälse, die eine erstaunliche Kombination aus all dem Genannten sind. Meiner Hautärztin zufolge fängt der Hals mit dreiundvierzig an, sich zu verabschieden, und dann ist es vorbei. Man kann Make-up auftragen und Abdeckstift unter den Augen verteilen, man kann sich die Haare färben und sich Kollagen, Botox und Restylane in die Falten spritzen lassen. Aber es gibt absolut kein Mittel gegen einen alternden Hals, es sei denn, man begibt sich unters Messer. Der Hals ist ein verräterisches Indiz. Unser Gesicht lügt, aber unser Hals sagt die Wahrheit. Einen Mammutbaum muss man aufschneiden, um zu sehen, wie alt er ist; hätte er einen Hals, müsste man das nicht.

Meine eigene Geschichte mit meinem Hals begann kurz vor meinem dreiundvierzigsten Geburtstag. Ich hatte eine Operation, von der ich eine schreckliche Narbe zurückbehielt, direkt über dem Schlüsselbein. Es war ein Schock, denn ich lernte auf die harte Tour, dass eine Ärztin zwar eine berühmte Chirurgin sein kann, deshalb aber noch lange keine Expertin im Zunähen sein muss. Wenn Sie von der Lektüre dieses Essays irgendetwas mitnehmen, dann bitte das: Lassen Sie sich niemals an irgendeinem Teil Ihres Körpers operieren, ohne einen Schönheitschirurgen hinzuzuziehen, der das Geschehen im OP überwacht. Denn selbst wenn man wegen etwas Ernstem oder etwas potenziell Ernstem an Ihnen herumoperiert, selbst wenn Sie tatsächlich glauben, dass Ihre Gesundheit wichtiger ist als Eitelkeit, selbst wenn Sie im Krankenhauszimmer aufwachen, unendlich froh, dass es kein Krebs war, selbst wenn Sie sich beschwingt fühlen, dankbar, am Leben zu sein, voller verblendeter Einsichten darüber, was wirklich zählt und was nicht, selbst wenn Sie sich schwören, auf ewig beglückt darüber zu sein, auf dieser Erde wandeln zu dürfen, und beteuern, sich nie wieder über irgendetwas zu beschweren, verspreche ich Ihnen, dass Sie irgendwann, und zwar schneller, als Ihnen lieb ist, in den Spiegel schauen und denken werden: Ich hasse diese Narbe.

Vorausgesetzt natürlich, dass Sie überhaupt in den Spiegel schauen. Das ist noch so eine Sache ab einem gewissen Alter, die ich bemerkt habe: Ich versuche, so wenig wie möglich in den Spiegel zu schauen. Wenn ich an einem Spiegel vorbeikomme, schaue ich weg. Wenn ich doch hineinschauen muss, kneife ich die Augen zusammen, damit ich sie, falls irgendwer ganz Schlimmes zurückschaut, möglichst schnell wieder schließen kann, um den Anblick abzuwehren. Und wenn das Licht gut ist (was ich nicht hoffe), tue ich oft das, was so viele Frauen meines Alters tun, wenn man sie vor den Spiegel zwingt: Ich ziehe sanft die Haut an meinem Hals zurück und starre wehmütig auf die jüngere Ausgabe meines Ichs. (Im Übrigen habe ich noch etwas bemerkt: Wenn Sie sich wegen Ihres Halses mal so richtig in Depressionen stürzen wollen, setzen Sie sich in einem Auto direkt hinter den Fahrer und betrachten Sie sich im Rückspiegel. Was es mit Rückspiegeln auf sich hat? Ich weiß nicht, warum, aber für den Hals ist es der gemeinste Spiegel überhaupt. Es ist zweifellos eines der faszinierenden Rätsel des modernen Lebens, dicht gefolgt von der Tatsache, dass kaltes Wasser im Bad kälter ist als kaltes Wasser in der Küche.)

Aber zurück zu meinem Hals. Schließlich dreht sich dieser Essay um ihn. Und ich weiß, was Sie denken. Warum geht sie nicht zum Schönheitschirurgen? Ich erzähle Ihnen, warum. Wenn Sie zu einem Schönheitschirurgen gehen und sagen, ich möchte, dass nur mein Hals in Ordnung gebracht wird, wird er Ihnen unmissverständlich sagen, dass er das nicht tun kann, ohne auch Ihrem Gesicht ein Lifting zu verpassen. Und das ist nicht gelogen. Es ist nicht der Versuch, Ihnen mehr Geld aus der Tasche zu ziehen. Tatsache ist, es hängt alles zusammen: Wenn man den Hals strafft, muss man auch das Gesicht straffen. Aber ich will kein Facelifting. Wenn ich ein Muffingesicht mit runden, vollen Zügen hätte, würde ich es riskieren: Frauen mit vollem Gesicht sind die perfekten Kandidatinnen für eine solche OP. Aber ich habe leider ein Vogelgesicht, und wenn ich mir die Haut straffen lassen würde, sähe mein Hals zweifellos besser aus, aber mein Gesicht wäre zum Zerreißen gespannt. Lieber schiele ich im Spiegel auf meinen bedauernswerten Hals, als einer Fremden gegenüberzustehen, die verdächtig aussieht wie ein Drum Pad.

Hin und wieder lese ich ein Buch übers Altern, und egal von wem es stammt, es heißt immer, es sei großartig, alt zu sein. Es sei ein Gewinn, weise und klug und milde zu sein; es sei ein Gewinn, sich im Leben an einem Punkt zu befinden, wo man wisse, was wirklich zähle. Ich kann Leute nicht ausstehen, die so reden. Was denken die sich? Haben die keinen Hals? Haben sie diese ganze Kaschiererei nicht satt? Stört es sie nicht, dass neunzig Prozent der Kleidung, die sie normalerweise kaufen würden, allein wegen des Ausschnitts wegfällt? Macht es sie nicht traurig, dass sie sich Chokers zulegen müssen? Am meisten bedaure ich

– mehr noch, als mir die Wohnung in der East 75th Street nicht gekauft zu haben, mehr noch als meine schlimmste Beziehungskatastrophe –, dass ich in meiner Jugend nicht ständig liebevoll auf meinen Hals geschaut habe. Es ist mir nie in den Sinn gekommen, dankbar dafür zu sein. Es ist mir nie in den Sinn gekommen, dass ich irgendwann wegen eines Körperteils wehmütig sein könnte, den ich als absolut selbstverständlich betrachtet habe.

Natürlich ist es wahr, dass ich jetzt im fortgeschrittenen Alter weise und klug und milde bin. Und es ist auch wahr, dass ich inzwischen ernsthaft verstanden habe, was im Leben wirklich zählt. Aber wissen Sie was? Es ist mein Hals.

Ich hasse meine Handtasche

Ich hasse meine Handtasche. Ich hasse sie wie verrückt. Wenn Sie eine dieser Frauen sind, die Handtaschen für das Größte halten, ist dieser Essay nichts für Sie, und Sie können sich die Lektüre sparen. Das hier ist für Frauen, die ihre Handtaschen hassen, die keinen Sinn für Handtaschen haben, die verstehen, dass Handtaschen ein Spiegelbild einer nachlässigen Haushaltsführung, einer chronischen Unfähigkeit, Sachen wegzuschmeißen, und des ständigen Versagens sind, den Verpflichtungen eines fordernden und schwierigen Accessoires nachzukommen (zum Beispiel der, dass die Handtasche möglichst zur Kleidung passen sollte). Das hier ist für Frauen, deren Handtaschen ein Wust aus verstreuten Tic Tacs, einzelnen Ibuprofen, Lippenstiften ohne Kappe, Labellos unbekannten Alters, Tabakkrümeln trotz jahrelanger Rauchabstinenz, aufgedröselten Tampons, britischen Münzen von einer Londonreise im letzten Oktober, Boardingkarten von längst vergessenen Flugreisen, Hotelschlüsseln von keine Ahnung was für Hotels, auslaufenden Kulis, Taschentüchern, von denen man nicht mehr mit Sicherheit sagen kann, ob sie benutzt sind oder nicht, zerkratzten Brillen, alten Teebeuteln, aus dem Scheckbuch gerissenen und nun zerknitterten und beschmierten Barschecks und einer Zahnbürste sind, die aussieht, als hätte man sie zum Polieren von Silber benutzt.

Das hier ist für Frauen, die mitten im Juli merken, dass sie noch immer keine Sommertasche gekauft haben, oder die mitten im Winter noch immer eine Basttasche spazieren führen.

Das hier ist für Frauen, die es unfassbar finden, dass eine Handtasche fünf- oder auch sechshundert Dollar kosten kann – ganz zu schweigen von diesem Edelteil namens Birkin-Bag, die zehntausend Dollar kostet, was im Grunde irrelevant ist, da man noch nicht einmal auf die Warteliste für eine kommt. Auf die Warteliste! Für eine Handtasche! Für eine Zehntausenddollarhandtasche, die am Ende voller Tic Tacs ist!

Das hier ist für diejenigen von Ihnen, die verstehen, dass ihre Handtasche auf schlimmste Weise ihr Ebenbild ist. Oder, wie Ludwig XIV. womöglich gesagt hätte, nur dass er viel zu klug für eine Handtasche war: *Le sac, c'est moi.*

Vor vielen Jahren habe ich begriffen, dass ich keinen Sinn für Handtaschen habe, und ich bin recht lange ohne eine ausgekommen. Ich war freiberufliche Autorin und verbrachte die meiste Zeit zu Hause. Für einen Abstecher in meine Küche brauchte ich keine Handtasche. Wenn ich doch mal ausging, meist abends, kam ich in der Regel mit einem Lippenstift, einem Zwanzigdollarschein und einer Kreditkarte aus, die ich mir in die Hosentasche steckte. Viel mehr bekommt man ohnehin nicht in eine Clutch hinein, und ich sparte dadurch wahnsinnig viel Geld, denn ich musste mir keine Clutch kaufen. Eine Clutch kostet noch mehr als eine normale Handtasche, was sich Nichtmarxistinnen kein bisschen erschließt.

Doch ab und zu brauchte ich beim Verlassen der Wohnung leider mehr als nur das Allernötigste. Ich löste das Problem durch den Kauf eines Mantels mit großen Taschen. Wie mir jetzt auffällt, machte ich damit eine Handtasche aus meinem Mantel, aber das war immer noch besser, als eine Handtasche mit mir herumzutragen.

Mit einer Handtasche verhält es sich nämlich so: Man fängt klein an. Man gelobt, Ordnung zu halten. Man gibt sich selbst das Versprechen: *Diesmal wird alles anders.* Man fängt mit den Dingen an, die man unbedingt braucht: dem Portemonnaie und ein paar Kosmetikartikeln, die man eigens dafür in einer brandneuen glänzenden Kosmetiktasche verstaut hat, so wie Ihre Freundinnen sie benutzen, die kompetent genug sind, den Überblick über mehr als eine Tasche zu behalten. Doch ehe man sich versieht, sammeln sich in der Handtasche die Überbleibsel eines ganzen Lebens. Die Kosmetikartikel sind irgendwie aus der glänzenden Kosmetiktasche gefallen (okay, Sie haben vergessen, den Reißverschluss zuzuziehen), die Münzen sind aus dem Portemonnaie gefallen (okay, Sie haben vergessen, das Münzfach zu schließen), die Kreditkarten befinden sich irgendwo auf dem Grund der Tasche (okay, Sie haben vergessen, die Visa-Karte zurück ins Portemonnaie zu stecken, nachdem Sie die Sonnencreme gekauft hatten, die jetzt in das Innenfutter sickert, weil Sie vergessen haben, den Deckel wieder draufzuschrauben, nachdem Sie sich bei hundertzehn Stundenkilometern auf dem Highway erst mal die Hände eincremen mussten). Hinzu kommt, dass irre viel Platz in Ihrer Handtasche von einem technischen Wunder eingenommen wird, das sowohl als Ihr Adressbuch als auch als Ihr Terminkalender dient – beziehungsweise dienen würde, wenn nicht die Batterien leer wären. Und dann ist da auch noch eine halb volle Flasche Wasser, zusammen mit mehreren Snacks, die Sie auf dem letzten Flug eingesteckt haben, nur für den Fall, dass Sie irgendwann kurz vorm Verhungern sein und das unerklärliche Verlangen nach einem Stück Käse verspüren sollten, das nach Plastik schmeckt. Vielleicht bekommen Sie ja auch noch Ihre Sneakers in die Handtasche. Ja, Wahnsinn, es geht! Im Nu wiegt Ihre Handtasche zehn Kilo, und Sie laufen Gefahr, durch das bloße Herumtragen eine Schleimbeutelentzündung zu entwickeln, die eine Operation nach sich zieht. Alles, was Sie besitzen, befindet sich in Ihrer Handtasche. Auf der Flucht vor den Kosaken wären Sie mit Ihrer Handtasche bestens gerüstet. Aber wenn Sie sie öffnen, können Sie nicht das Geringste darin finden: Sie ist ein großes dunkles Loch, in dem Sie stundenlang nach etwas wühlen. Eine Taschenlampe würde helfen, aber wenn Sie eine in Ihrer Handtasche hätten, würden Sie diese auch nicht finden.

Was ist die Lösung? Ich bin nicht mehr die freiberufliche Autorin, die den ganzen Tag zu Hause sitzt; ich brauche verschiedenes Zeug. Ich brauche Zeug für meine Arbeit. Ich brauche Kosmetika, die mich durch den Tag bringen. Ich brauche die Gesellschaft eines Buchs. Ich brauche also eine Handtasche, so traurig es ist. Eine Zeit lang suchte ich nach einer Antwort. Wie diese Frauen in Hollywood, die sich bereitwillig in die Kabbala stürzen oder in die Scientology- oder Yogalehren, las ich so ziemlich jeden Artikel über Handtaschen, der mir irgendeine Form von Rettung versprach. An einem bestimmten Punkt dachte ich, dass die Lösung vielleicht darin bestünde, nicht eine Handtasche zu verwenden, sondern zwei. Also versuchte ich es mit zwei Handtaschen, einer für persönliche Sachen und einer für Arbeitssachen. (Ja, ich weiß: Die zweite Handtasche nennt man für gewöhnlich Aktenkoffer.) Bei den meisten Menschen funktioniert dieses System, aber nicht bei mir, und zwar aus einem recht offensichtlichen Grund, den ich bereits verraten habe: Mit Ordnung hab ich's nicht so. In einem weiteren Lösungsversuch gab ich ziemlich viel Geld für eine Handtasche aus, in der Annahme, dass eine teure Handtasche mich dazu bewegen würde, meine Persönlichkeit zu ändern, was aber auch nicht funktionierte. Ich versuchte es auch mit einer dieser Rucksacktaschen im Prada-Look, aber ich kaufte sie just in dem Augenblick, als sie aus der Mode kam, und außerdem packte ich so viel hinein, dass ich aussah wie eine Sherpani.

Und dann eines Tages fand ich mich plötzlich mit einer Freundin in Paris wieder, die verkündete, dass sie für unsere gemeinsame Woche nur ein Ziel habe: eine Kelly-Bag kaufen. Sie wissen vielleicht, was eine Kelly-Bag ist. Ich wusste es nicht. Ich hatte noch nie davon gehört. »Was ist eine Kelly-Bag?«, fragte ich. Meine Freundin schaute mich an, als hätte ich die letzten hundert Jahre in einer Höhle verschlafen. »Eine Kelly-Bag«, erklärte sie mir, »ist eine

Damenhandtasche von Hermès, die erstmals in den Fünfzigern herausgebracht wurde. Berühmt gemacht hat sie Grace Kelly, darum der Name. Die Tasche ist ein Klassiker und das Äquivalent zur perfektesten Perlenkette der Welt.« Nun, sie wird immer noch hergestellt, aber meine Freundin wollte keine neue, sondern ein Vintagemodell. Sie hatte gehört, dass es auf dem Flohmarkt einen Händler gab, der welche anbot. Der Flohmarkt fand nur am Wochenende statt, darum brachten wir mehrere Tage mit Essen, Trinken und Sightseeing zu, wobei alles (für meine Freundin jedenfalls) nur das Vorgeplänkel zum eigentlichen Höhepunkt war. »Was kostet denn diese Tasche?«, fragte ich. Als sie es mir verriet, fiel ich fast um: »Ungefähr dreitausend Dollar.« Dreitausend Dollar für eine alte Handtasche plus (wenn Sie ihn dazurechnen, was ich tue) den Flug?

Nun gut, schließlich gingen wir zum Flohmarkt, und da war die Kelly-Bag. Ich wusste nicht, was ich sagen sollte. Sie sah aus wie die Handtasche meiner Mutter von früher. Es passte so gut wie nichts hinein, und sie hing steif am Arm meiner Freundin. Ich mag keinen Sinn für Handtaschen haben, aber ich weiß, dass jede Handtasche, die steif am Arm hängt (statt über der Schulter), mindestens zehn Jahre älter macht und außerdem den halben Körper lahmlegt. In einer modernen Welt müssen die Arme und Hände frei sein. Ich will hier nicht zu ernst werden, aber eine Handtasche (genau wie ein Paar Pumps) schränkt die Bewegungsfreiheit ein. Weshalb sich der Handtaschentrend bei Männern auch nicht durchsetzt. Wenn die Hand mit dem Tragen irgendeiner Tasche ausgelastet ist, ist sie nicht frei für all die aufregenden Dinge, die man womöglich mit ihr anstellen könnte: sich durch Menschenmassen drängeln zum Beispiel, geliebte Menschen umarmen, sich die glitschige Kletterstange zum Erfolg hochkämpfen oder aufgeregt ein Taxi heranwinken.

Jedenfalls kaufte sich meine Freundin ihre Kelly-Bag. Sie bezahlte zweitausendsechshundert Dollar dafür. Die Farbe war nicht hundertprozentig nach ihrem Geschmack, aber die Tasche befand sich in einwandfreiem Zustand. Natürlich musste sie sofort imprägniert werden, denn wenn sie Regen abbekam, war sie auf einen Schlag nur noch halb so viel wert. Regen? Imprägniert? Es war mir nie in den Sinn gekommen, mir Sorgen darüber zu machen, dass eine Handtasche Regen abbekommen könnte, geschweige denn, dass sie imprägniert werden musste. Wieder einmal dachte ich darüber nach, dass meine Mutter mir rein gar nichts über Handtaschen beigebracht hatte, und ich wäre fast in Selbstmitleid versunken. Doch es war Zeit fürs Mittagessen.

Wir gingen in ein Bistro, und die Kelly-Bag wurde in der Mitte des Tischs platziert, wo sie nach diesem Shoppingerfolg stand wie eine Trophäe. Und plötzlich begann es draußen zu regnen. Meiner Freundin traten Tränen in die Augen. Sie presste die Lippen aufeinander. Genau genommen sah ihr Mund jetzt genauso schmal und steif aus wie der mit achtzehn Karat vergoldete Verschluss ihrer Tasche. Es regnete in Strömen und die Kelly-Bag war noch nicht imprägniert. Meine Freundin würde den ganzen Nachmittag hier sitzen bleiben und auf das Ende des Regens warten müssen, um die Kelly-Bag nicht dem Regen auszusetzen.

Mir ging durch den Kopf, dass sie und ihre Kelly-Bag vielleicht für immer in diesem Bistro sitzen müssten. Jahre würden vergehen, und es würde immer weiter regnen. Sie würde altern (ihre Kelly-Bag aber nicht), und schließlich würden sie und ihre Handtasche wie eine moderne Version von Lots Frau zu einem Mahnmal erstarren und daran erinnern, was passiert, wenn man zu viel auf Handtaschen gibt. Countrysongs würden über sie geschrieben werden und Gleichnisse erdacht. An diesem Punkt beendete ich all das Nachdenken über Handtaschen und gab auf.

Ich kehrte nach New York zurück und kaufte mir eine Handtasche. Na ja, es ist nicht wirklich eine Handtasche, sondern eine Tasche. Und zwar mit Abstand die beste Tasche, die ich je besessen habe. Auf der Vorderseite ist die MetroCard von New York City abgebildet – sie ist gelb (taxigelb, um genau zu sein) und blau (königsblau, das schlimmste Blau von allen) –, darum passt sie zu überhaupt nichts und auf einer tieferen Ebene zu allem. Sie ist aus Plastik und damit absolut wasserdicht. Sie ist zu jeder Jahreszeit gleich unattraktiv. Sie hat fast nichts gekostet (sechsundzwanzig Dollar), und ich werde sie nie ersetzen müssen, denn sie wirkt unverwüstlich. Das Beste aber ist: Da sie nie im Trend lag, kommt sie auch niemals aus der Mode.

Sie passt nicht immer, das gebe ich zu; bei seltenen Gelegenheiten benutze ich eine Handtasche, die ich hasse. Aber eigentlich nehme ich fast immer meine MetroCard-Tasche. Und ständig sagt irgendwer: Ich liebe diese Tasche. Wo hast du diese Tasche her? Und ich erzähle, dass ich sie im Transit-Museum im Grand Central Terminal gekauft habe und dass sämtliche Gelder aus dem Verkauf dafür verwendet werden, die Subway von New York noch besser zu machen, als sie ohnehin schon ist. Soweit ich weiß, sind sie alle losgezogen und haben sich eine gekauft. Oder auch nicht. Mir ist es egal. Ich bin sehr zufrieden.

Serielle Monogamie: Ein Erfahrungsbericht

Mein erstes Kochbuch bekam ich von meiner Mutter. Das war 1962, und ich begann mein Leben in New York mit ihrem *Gourmet Cookbook* (Band 1) und mehreren Garnituren Bettwäsche (weiß mit Muschelsaum). Das *Gourmet Cookbook* war riesig, ein Wälzer mit einem düsteren rotbraunen Einband. Die Redaktion des *Gourmet*-Magazins hatte das Buch zusammengestellt und mit den prächtigen, feierlichen und leicht melancholisch anmutenden Fotos verschiedener Speisen ausgestattet, für die das Magazin berühmt war. Allein der Besitz dieses Buchs hatte das Leben meiner Mutter verändert. Bis das Buch in den fünfziger Jahren herausgekommen war, hatte sie sich liebend gern so weit wie möglich von der Küche ferngehalten. Wir hatten eine ausgezeichnete Köchin aus den Südstaaten, die Evelyn Hall hieß und amerikanische Klassiker wie Roastbeef, Grillhähnchen und Apple Pie zubereitete. Dank dem *Gourmet Cookbook* jedoch kochte Evelyn auf einmal Huhn Marengo und Crème Caramel. Es dauerte nicht lange, da stand meine Mutter höchstpersönlich in der Küche und machte chinesische Frühlingsrollen komplett selbst. Das Rezept dafür findet sich auf Seite 36 des Buchs, aber es vermittelt weder annähernd, was für ein stressiges und zeitaufwendiges Unterfangen es ist, Frühlingsrollen selbst zu machen, noch lässt es erahnen, wie viel Spannung eine Person in einem Haushalt verursachen kann, wenn sie Stunden für die Zubereitung von Frühlingsrollen aufwendet, diese dann aber nicht annähernd so lecker sind wie chinesisches Take-away.

Durch den Besitz des *Gourmet Cookbooks* fühlte ich mich ungeheuer kultiviert. Jahrelang verschenkte ich ein Exemplar, wann immer ich zu einer Hochzeit eingeladen war. Es war ein Symbol des Erwachsenseins, eine Art, sich in Sachen Küche als klug, schick und gebildet zu geben, aber im Grunde verwendete ich es nie so, wie man ein Kochbuch verwenden sollte: indem man es in der Küche aufgeschlagen auf die Arbeitsplatte legt, etwas daraus kocht, die Seiten mit Butter- und Schokoladenflecken beschmiert und einen einseitigen Dialog mit dem Buch führt; kurzum: indem man also eine Beziehung zu ihm hat.

Das Kochbuch, das ich in meinem ersten Jahr in New York am meisten benutzte, war ein schmaler Band mit dem Titel *The Flavour of France.* Ich bekam es von einer beeindruckenden, um gefühlte Lichtjahre älteren Frau, die ich hier Jane nennen werde und die ich in meinem ersten Sommer in der Stadt kennengelernt hatte. Sie war fünfundzwanzig, nahm mich an die Hand und machte mich nicht nur mit dem Kochbuch bekannt, sondern auch mit Brie, Vitello tonnato und dem berühmten Omelette-Restaurant in den East Sixties. Tatsächlich war ich damals bei meinem ersten Besuch in diesem Omelette-Restaurant, das Madame

Romaine de Lyon hieß, noch als Postmädchen bei der *Newsweek* und verdiente fünfundfünfzig Dollar die Woche, und als ich sah, dass ein Omelette drei Dollar fünfundvierzig kostete, fiel ich fast in Ohnmacht. Jane machte mich auch mit dem Konzept von »über Eck verbandelt« bekannt. Man war über Eck mit einer anderen Frau verbandelt, wenn man mit demselben Mann geschlafen hatte wie sie. Jane hatte mit einer Reihe aufstrebender Journalisten, Redakteure und Autoren geschlafen, von denen ihr der berühmteste am Ende der gemeinsamen Nacht eines seiner Bücher schenkte, die er praktischerweise alle in einer Kiste direkt neben der Wohnungstür platziert hatte. Jane zufolge lauteten seine genauen Worte, als sie im Begriff war zu gehen: »Nimm dir auf dem Weg nach draußen eins mit.«

An dem Tag, an dem Präsident Kennedy erschossen wurde, gab Jane eine Dinnerparty, die trotz der Tragödie stattfand, wie das eben oft so ist. Als Appetizer servierte sie Céleri rémoulade, eine Speise, die mir bis dahin absolut fremd war und bis heute ein Rätsel ist. Ein paar Monate später hatte ich etwas mit einem Typen, mit dem auch Jane etwas gehabt hatte. Jane und ich waren jetzt »über Eck verbandelt«, und interessanterweise war das das Ende unserer Freundschaft, wenn auch nicht das Ende meiner Verbindung zu *The Flavour of France.*

The Flavour of France hatte das Format eines Terminkalenders, ungefähr sechs mal acht Zentimeter. Es enthielt kurze Rezepttexte von Narcissa Chamberlain und ihrer Tochter Narcisse und große Frankreichfotos in Schwarz-Weiß von Narcissas Ehemann (und Narcisse' Vater) Samuel Chamberlain. Ich beschäftigte mich nicht groß mit der mysteriösen Familie Chamberlain, als ich mich durch ihr Kochbuch arbeitete, und wenn doch, kam ich meist nicht weit. Zunächst einmal war mir unbegreiflich, wie jemand mit dem Namen Narcissa seine Tochter Narcisse nennen konnte. Außerdem war es mir ein Rätsel, wie das Miteinander der Familie aussah. Fuhren sie zu dritt durch Frankreich und stritten sich, wer hinten sitzen musste? Arbeitete Narcisse gern mit ihren Eltern zusammen? Und wenn ja: War sie verrückt? Aber die Rezepte der Chamberlains waren unkompliziert und kinderleicht. Ich lernte, wie man in fünf Minuten eine perfekte Schokomousse zaubert und köstliche karamellisierte Bratbirnen mit Sahne. Diese Birnen begleiteten mich jahrelang, auch wenn Schokomousse durch die Crème-brûlée-Jahre zunehmend aus meinem Repertoire verschwand.

Kurz bevor ich nach New York zog, hatten zwei historische Ereignisse stattgefunden: Die Pille war erfunden worden, und das erste Kochbuch von Julia Child war erschienen. Daraufhin hatten alle Sex, und wenn der Sex vorbei war, kochte man etwas. Eine meiner Freundinnen zog bei dem Mann ein, den sie liebte. Ihre Mutter geriet außer sich und warnte sie, dass er sie niemals heiraten würde, da sie bereits mit ihm geschlafen habe. »Was immer du tust«, sagte die Mutter meiner Freundin, »du darfst auf keinen Fall für ihn kochen.« Aber es war zu spät. Sie kochte für ihn. Er heiratete sie trotzdem. Das war genau zu der Zeit, als Endivie entdeckt wurde, gefolgt von Rucola, gefolgt von Radicchio, gefolgt von Frisée und den drei jüngsten Mitgliedern dieser

Reihe: Pflücksalat, Feldsalat und Microgreens. Aus Sicht des Salats ist das die knackige Zusammenfassung seiner letzten vierzig Jahre. Aber ich greife in der Geschichte vor.

Mitte der sechziger Jahre waren Julia Childs *Mastering the Art of French Cooking*, Craig Claibornes *New York Times Cookbook* und Michael Fields *Cooking School* zur heiligen Dreieinigkeit der Kochbücher geworden. Damals arbeitete ich als Journalistin bei der *New York Post* und wohnte im Village. Wenn ich abends alleine zu Hause war, kochte ich mir ein komplettes Gericht aus einem dieser Kochbücher. Dann setzte ich mich vor den Fernseher und aß es. Ich fühlte mich sehr mutig und tapfer, wenn ich mein perfektes Abendessen aß. Okay, ich hatte keine Verabredung, aber immerhin war ich nicht eine dieser einsamen Frauen, die mit einem armseligen Becher Joghurt zu Hause saßen. Allein ein ganzes Gericht für vier Personen zu essen, das ich nur für mich gekocht hatte, war sicher genauso armselig, aber dass das jemand so sehen könnte, kam mir nicht in den Sinn.

Ich kochte jedes einzelne Rezept aus dem Buch von Michael Field und mindestens die Hälfte der Rezepte aus Julia Childs erstem Buch, und während ich kochte, führte ich in Gedanken Gespräche mit beiden. Julia war netter und nachsichtiger. Inzwischen war sie im Fernsehen und berühmt dafür, Essen fallen zu lassen, wieder aufzuheben und sofort zurück in den Topf zu werfen. Michael war strenger und penibler; genau genommen war er in der Küche ein Extremist. Er hatte zahlreiche Vorurteile, zum Beispiel in Bezug auf die Knoblauchpresse (wenn man sie benutze, mache das den Knoblauch bitter, glaubte er), und aus Angst, er könne sich plötzlich in meine Küche beamen und die Nase rümpfen, schmiss ich meine Knoblauchpresse weg. Seine Rezepte waren präzise, und ich befolgte sie haargenau. Ich war jung und glaubte, ein Rezept würde nicht gelingen, wenn man auch nur ein winziges Detail änderte. Wenn ich Gäste zum Abendessen einlud, setzte ich ihnen liebend gern Michaels kompliziertes Hähnchencurry vor, zusammen mit frischen Kräutern und Papadams, obwohl ich stattdessen manchmal auch ein Lammcurry nach einem unwesentlich einfacheren Rezept von Craig Claiborne kochte, das aus seiner Sonntagskolumne im *New York Times Magazine* stammte. Es enthielt Bananen und Schlagsahne. Vor Kurzem habe ich es noch einmal gekocht, und es war scheußlich.

Craig Claiborne war nicht nur der oberste Gastroredakteur des *New York Times Magazine*, sondern auch ihr Restaurantkritiker. Er war wahnsinnig mächtig und einflussreich, und ich war zunehmend von ihm besessen. Craig – alle nannten ihn Craig, auch wenn sie dem Mann noch nie begegnet waren – war ein bekannter Verfechter internationaler Küche, und als seine ergebene Anhängerin lernte ich die Zubereitung von Gerichten wie Moussaka und Taboulé. Alle Welt fieberte seinen Sonntagsrezepten entgegen; es war die erste Seite in der *Times* am Sonntag, die ich aufschlug. Alle wussten, dass er direkt am Strand von East Hampton ein Techbuilt-Haus besaß, in das er sich eine neue Küche hatte einbauen lassen, dass er meist mit dem französischen Koch Pierre Franey kochte und dass er Eisbergsalat hasste. Eigentlich kann man nicht über die Geschichte des Salats in den letzten vierzig Jahren sprechen, ohne Craig zu erwähnen; er spielte eine bahnbrechende Rolle. Ich hatte schon immer eine Schwäche für Eisbergsalat mit Roquefortdressing, und es war eines der Themen, über das ich in Gedanken mit ihm stritt.

Lange Zeit habe ich gehofft, dass Craig und ich uns (eines Tages) kennenlernen und anfreunden würden. Ich habe viel über diese Möglichkeit nachgedacht, vor allem darüber, was ich kochen würde, wenn er zum Essen zu mir nach Hause käme. Ich war unsicher, ob ich ihm etwas aus einem seiner Kochbücher oder aus einem anderen Kochbuch servieren sollte. Vielleicht gab es ein Protokoll für solche Sachen. Wenn ja, dann kannte ich es nicht. Mir ging durch den Kopf, dass ich ihm wohl am besten eine eigene Kreation vorsetzen sollte, aber ich hatte keine eigenen Rezepte, abgesehen von der Barbecuesoße meiner Mutter vielleicht, die überwiegend aus Heinz Ketchup bestand. Doch ich wollte ihn so gern bei mir bewirten. Irgendwo hatte ich gelesen, dass die Leute Angst hatten, ihn zum Essen einzuladen. Ich nicht; ich kannte den Mann nur einfach nicht. Ich muss gestehen, dass ich in meiner Phantasie die Hoffnung hegte, dass er nach einem Abendessen bei mir einen Artikel über mich schreiben würde, garniert mit meinen Rezepten, aber, wie schon gesagt, hatte ich gar keine eigenen.

Unterdessen kochten wir alle auf eine wahnsinnig neurotische und wetteifernde Art. Wir heischten nach Beifall, wir legten eine Performance nach der anderen hin, wir wollten es allen recht machen. War das der große Höhepunkt der häuslichen Konterrevolution nach dem Zweiten Weltkrieg oder der Beginn einer pathologischen Ausprägung feministischen Übereifers? Niemand wusste es. Wir waren zu beschäftigt mit Zerkleinern und Verfeinern.

Ich heiratete und stürzte mich in eine Reihe absolut wahnwitziger kulinarischer Phasen. Ich kochte das brasilianische Nationalgericht. Ich wickelte Zeug in Blätterteig. Ich stopfte irgendwelche Füllungen in Weinblätter. Es gab Soufflés. Ich lernte in einem Kurs, wie man die Küchenmaschine Cuisinart bedient. Ich kochte sogar ein komplettes chinesisches Festmahl, zu dem auch Lee Lums Zitronenhühnchen gehörte. Lee Lum war der Chefkoch im Pearl's, dem berühmten chinesischen Restaurant, wo man nie einen Tisch bekam. Wenn man einen Tisch bekam, blieb einem das Essen für immer im Gedächtnis, denn die Gerichte enthielten so viel Mononatriumglutamat, dass man noch Jahre später hellwach davon war. Lee Lums Rezept für Zitronenhühnchen sah vor, dass man die Hühnerbruststreifen mit einer feinen Schicht Wasserkastanienmehl überzog und briet, sie dann in eine Soße mit zerdrückter Ananas tauchte und das formvollendete Werk mit einem Fläschchen Zitronenextrakt übergoss. Wieder einmal stammte das Rezept aus der Kolumne von Craig Claiborne in der *Times* am Sonntag. Für Craig war es natürlich kein Problem, einen Tisch im Pearl's zu bekommen, und ich freute mich darauf, ihn irgendwann dorthin zu begleiten, wenn wir einander erst einmal kennengelernt hätten und eng befreundet wären. Später war ich doch einmal im Pearl's und habe erstaunt festgestellt, dass es nicht nur unmöglich war, einen Tisch zu bekommen, wenn man nicht berühmt war, sondern dass Berühmtheit allein nicht ausreichte: Es gab da gewisse Abstufungen. Es gab berühmt genug, um einen Tisch zu bekommen, und dann gab es berühmt genug, um einen Besuch von Pearl höchstpersönlich am Tisch und die Spezialitäten des Abends vorgetragen zu bekommen, und dann gab es die wahre Berühmtheit, die Topberühmtheit, was hieß, berühmt genug, um den knusprigen Fisch süß-pikant zu bestellen. Darauf lief es in New York letztlich hinaus: Wenn man Fisch bestellen wollte, brauchte man einen gewissen Status.

Ich wurde freie Journalistin für verschiedene Zeitschriften. In einem meiner ersten Texte für das *New York*-Magazine schrieb ich über Craig Claiborne und Michael Field, die sich leidenschaftlich bekriegten. Im Zuge dessen traf ich Craig Claiborne, und nachdem der Artikel erschienen war, lud er mich zu sich ein. Das von ihm gekochte Abendessen war wohl nicht unvergesslich; mir hat es sich jedenfalls nicht eingeprägt. Dann kam Claiborne zum Abendessen zu uns, und ich kochte ein Gericht aus einem seiner Kochbücher, einen chilenischen Auflauf mit Meeresfrüchten und Brot, nach dem Rezept von Leonard Bernsteins Frau Felicia Montealegre. Ich kann nicht glauben, dass ich mich an ihren Namen erinnere und auch noch daran, wie man ihn buchstabiert, wo sich das Gericht nach ihrem Rezept doch als eine überwiegend klebrig-schleimige und enttäuschende Pampe herausstellte, die mich praktisch ruinierte.

Es ist sicher nicht die Schuld von Felicia Montealegre, dass das zwischen Craig und mir keine Freundschaft wurde, aber nach unseren zwei gemeinsamen Essen stand für mich zweifelsfrei fest, dass wir keine gemeinsame Zukunft hatten. Verstehen Sie mich nicht falsch, Craig war ein netter Kerl, aber er war derart zurückhaltend, dass es mir nach unserem Kennenlernen sogar schwerfiel, wenigstens noch beim Nachkochen seiner Rezepte in Gedanken mit ihm zu plaudern.

Zur selben Zeit lernte ich einen Mann namens Lee Bailey kennen, und ich muss wohl eingestehen, dass, selbst wenn die Akte Craig Claiborne noch nicht ganz geschlossen war, der Fall sofort beendet wurde, als ich Lee kennenlernte. Lee Bailey war ein Freund meiner Freundin Liz Smith, die der Überzeugung war, dass alle ihre Bekannten auch untereinander bekannt sein sollten. Und so lud sie uns eines Tages zum Abendessen zu Lee ein. Lee lebte in den East Forties, wo er das gesamte Souterrain eines Hauses bewohnte. Ich erinnere mich vor allem daran, dass die Wände mit Strohmatten verkleidet waren, die wahrscheinlich aus Azuma stammten, und dass seine Wohnung so ziemlich die legendärste Wohnung war, die ich je gesehen hatte. Sie war schlicht und eine Wohltat für die Augen, sie war gemütlich, ohne dass irgendetwas darin teuer gewesen wäre. Es gab keine Kunst, über die man sich hätte unterhalten müssen, und keine kräftigen Farben. Alles war beige. »Mit Farben sollte man äußerst vorsichtig sein« war einer von Lees Sätzen.

Und dann wurde das Abendessen serviert. Schweinekoteletts, Maisgrütze, Kohlgemüse und eine Schüssel mit kleinen gebackenen Krabäpfeln. Es war köstlich. Es war so direkt, einfach und aufrichtig und zugleich verspielt. Diese Krabäpfel! Sie waren hinreißend! Der gesamte Abend war demütigend; er war sowohl eine Offenbarung als auch eine Art Zurechtweisung in Bezug auf alles, was ich je gekauft oder gekocht hatte. Mein Sofa war lila. Ich besaß eine Sammlung knallbunt angemalter Holztiere aus Mexiko. Ich hatte rote Teller und einen Flokatiteppich. Meine Menüs waren überzogen und verlogen. Würde es Lee Bailey je in den Sinn kommen, das brasilianische Nationalgericht zu kochen? Oder Lee Lums Zitronenhühnchen? Ganz sicher nicht. Es war schrecklich offensichtlich, dass mein Leben bis zu diesem Punkt ein einziger riesengroßer Irrtum gewesen war.

Ich reichte sofort die Scheidung ein, überließ meinem Exmann sämtliche Möbel und ging bei Lee Bailey in die Schule. Ich kaufte die Stühle, zu denen er mir riet, und den runden Esstisch, der offenbar Teil des Geheimnisses war, weshalb es bei Lees Dinnerpartys immer vergnügter zuging als bei allen anderen. Als Lee einen Shop im Luxuskaufhaus Henri Bendel eröffnete, kaufte ich die weißen Teller, die Seersuckerservietten und das rostfreie Besteck mit Holzgriff, das auch er hatte. Ich kaufte neue Möbel, und zwar alle in Beige. Ich war Lee hörig, kulinarisch gesehen. Lange bevor er die Kochbuchreihe schrieb, die ihn bekannt machte, hatte er all meine vorigen eingebildeten Freunde in der Küche ersetzt, und immer wenn ich ein Essen zubereitete und irgendetwas schiefzugehen drohte, hörte ich ihn sagen, ich solle ruhig bleiben, es nicht so ernst nehmen, mir noch einen Drink genehmigen, es werde niemandem auffallen. Genau wie Lee hörte ich auf, meinen Gästen Hors d'œuvres zu servieren, und infolgedessen nagten sie mir vor dem Essen fast das Holz von den Wänden, genau wie die Gäste von Lee. Ich entwickelte mich von einer neurotischen Köchin mit einem irritierenden Repertoire an internationalen Gerichten zu einer sehr entspannten Köchin, die sich dezent auf die Küche der Südstaaten spezialisierte.

Das Wichtigste, das ich von Lee lernte, war etwas, das ich die Viererregel nannte. Die meisten Menschen servieren drei Speisen zum Abendessen: eine Sorte Fleisch, eine Sorte Kohlenhydrate und eine Sorte Gemüse, aber Lee servierte immer vier. Und die vierte Speise war immer etwas Unerwartetes, wie diese Krabäpfel. Ein Limabohnenauflauf mit Birnen, zuvor stundenlang mit braunem Zucker und Sirup gekocht. Pfirsiche mit Cayennepfeffer. Geschnittene Tomaten mit Honig. Biscuits. Pikanter Brotpudding. Spoonbread. Was immer es war, die vierte Speise schien einen nahezu magischen Einfluss auf das Essen zu haben. Man wurde des Essens nie überdrüssig, denn es gab immer eine weitere Geschmacksnote auf dem Teller, die einerseits zu passen und andererseits zu kontrastieren schien. Man konnte von einer Geschmacksnote zur anderen springen und alles beliebig kombinieren. Und wenn man aufgegessen hatte, nahm man sich noch mal, um diesen Geschmacksreigen erneut zu erleben. Bei Lee Bailey konnte man endlos schlemmen. Das war wichtig. Das war entscheidend. Es gibt nichts Schlimmeres, als Gäste zu einem Abendessen einzuladen, das sie ruckzuck verschlingen, sodass der Abend um zehn vorbei ist, sich alle verabschieden und man allein mit dem Abwasch zurückbleibt. (Und das war noch eine Besonderheit bei Lees Abendessen: Er hatte hinterher weniger zu spülen, denn es gab nie einen ersten Gang oder eine Käseplatte; und wenn es Salat gab, kam der einfach mit auf den Teller.)

Ach, übrigens: Bei Lee gab es nie Fisch, darum gab es auch bei mir nie Fisch, und ich erzähle Ihnen, warum: Fisch isst sich zu leicht weg. Eins, zwei, drei ist man fertig mit dem Fisch, und schon ist man aus der Tür. Wenn Leute zum Essen kommen, sollte man Spaß haben, und das Essen gehört zum Spaß dazu. Mit Fisch – und es tut mir leid, das zu sagen, aber es stimmt – hat man einfach keinen Spaß. Die Menschen spielen gern mit ihrem Essen, und es ist faktisch unmöglich, mit Fisch zu spielen. Wenn Sie unbedingt Fisch essen wollen, bestellen Sie welchen im Restaurant.

Sie denken vielleicht, dass ich Lee nicht mehr als Phantasiefreund brauchte, wo er doch mein echter Freund geworden war, aber Sie irren sich. Während ich mich in Gedanken mit Lee unterhielt – darüber, was ich kochen sollte oder was die perfekte vierte Speise sein könnte –, kam mir nie in den Sinn, zum Telefon zu greifen und ihn anzurufen. Lee war viel zu entspannt. Er hätte nur gelacht und gesagt, koch einfach, was dir in den Sinn kommt, Süße. Durch seine Art war er so etwas wie ein Zen-Meister für mich, und alle, die unter seinen Einfluss gerieten, kopierten anfangs seinen Stil und entwickelten schließlich einen eigenen.

Insgeheim hegte ich immer den Wunsch, dass Lee ein Rezept von mir in eins seiner Kochbücher aufnehmen würde: Er kam oft zum Abendessen und kommentierte immer sagenhaft freundlich, was ich ihm vorsetzte, aber er bat mich nie um ein Rezept. Für eins seiner Kochbücher machte er jedoch ein Foto von meinem Garten, und meine Servietten und Teller waren darauf zu sehen, aber natürlich hatte ich sie in seinem Shop bei Bendels gekauft, darum zählte das im Grunde nicht.

In der Zwischenzeit hatte ich wieder geheiratet und mich wieder scheiden lassen und saß an einem wenig fiktiven Roman über das Ende meiner Ehe, der auch Rezepte enthielt. Ich hatte längst eingesehen, dass niemand meine Rezepte in ein Buch packen würde, darum musste ich selbst es tun. Ich nahm auch Lees Rezept für Limabohnen und Birnen auf (leider hatte ich den braunen Zucker vergessen, und noch jahrelang erzählten mir die Leute, dass sie das Rezept ausprobiert hätten, es aber nicht getaugt habe), zusammen mit dem Cheesecakerezept unserer Familienköchin Evelyn, das sie sehr wahrscheinlich von der Rückseite der Philadelphia-Frischkäse-Packung abgeschrieben hatte. Eine Gastrokritikerin, die mein Buch rezensierte, bemängelte, dass die Rezepte nicht besonders originell seien, aber offenbar hatte sie nicht verstanden, worum es eigentlich ging. Es ging nicht um die Rezepte. Es ging (wie mir zunehmend klarwurde) um den kreativen Prozess. Es ging darum, dass man sich wohlfühlte, seinen eigenen Stil fand und zu ihm stand. Es ging darum, die eigenen Neurosen in Bezug auf Essen zu überwinden und herauszufinden, wie Essen ins eigene Leben passt.

Und nach einer gewissen Zeit musste ich mit Lee keine langen inneren Dialoge mehr führen. Ich hatte das von ihm Gelernte verinnerlicht und ging jetzt eigene Wege. Vier Speisen reichten mir nicht; ich ging zu fünf über und manchmal zu sechs. Ich aß gern Salat und Käse, darum gab es bei mir Salat und Käse. Dadurch musste ich mehr spülen: na und? Was die Inneneinrichtung betraf, ließ ich Beige hinter mir und beging sämtliche Dekosünden, die man sich nur vorstellen kann.

Außerdem habe ich wieder geheiratet. Im Laufe meiner dritten Ehe hatte ich eine Reihe kulinarischer Affären. Ich bändelte mit Marcella Hazan an, einer brillanten Kochbuchautorin, zu der ich eine irgendwie unbefriedigende Beziehung hatte; mit Martha Stewart, die ich verehrte und mit der ich in Gedanken ewig lange Gespräche führte, in denen ich sie meist unterwürfig und übertrieben lobte; und erst letztes Jahr mit Nigella Lawson, deren Kochstil meinem sehr ähnlich ist. Nigella gab ich auf, als mir eines ihrer Rezepte für Cupcakes gründlich misslang, aber ich bewundere ihre Bereitschaft, auch Fertigzutaten zu verwenden, ihre Unbekümmertheit, wenn es um das Aussehen von Gerichten geht und ihre Begeisterung für Hausmannskost. Besonders gerne mache ich ihr Roastbeefgericht, das dem meiner Mutter ganz ähnlich ist, abgesehen von dem Yorkshirepudding. Bei meiner Mutter gab es keinen Yorkshirepudding, obwohl auf Seite 61 des *Gourmet Cookbook* ein Rezept dafür steht. Bei meiner Mutter gab es stattdessen Kartoffelpuffer. Bei mir gibt es Yorkshirepudding *und* Kartoffelpuffer. Warum auch nicht? Man lebt nur einmal.

Über Instandhaltung

Ich versuche seit Wochen, über Instandhaltung zu schreiben, aber das ist nicht leicht, und zwar aus einem einfachen Grund: Instandhaltung beansprucht so viel von meiner Zeit, dass ich kaum dazu komme, mich an den Computer zu setzen.

Was Instandhaltung ist, wissen Sie, da bin ich sicher. Instandhaltung ist das, was die Leute meinen, wenn sie sagen: »Ab einem gewissen Punkt ist der Körper nur noch Flickwerk.« Instandhaltung ist das, was man tun muss, damit man das Haus verlassen kann und weiß, sollte man im Supermarkt einem Typen begegnen, der einen irgendwann mal abgewiesen hat, muss man sich nicht hinter einem Stapel Dosen verstecken. Das ist jetzt gar nicht zu wörtlich gemeint. Es gibt da zwar ein paar Ex, bei denen ich mir immer Sorgen mache, ich könnte ihnen mal zufällig über den Weg laufen, aber selbst wenn, besteht kaum die Chance, dass ich auch nur einen von ihnen erkenne. Außerdem leben sie nicht mal mehr in der Stadt. Trotzdem denke ich jedes Mal an sie, wenn ich in Versuchung gerate, ohne Eyeliner aus dem Haus zu gehen.

Natürlich gibt es zwei Arten von Instandhaltung. Es gibt

die Instandhaltung des Status quo: all das, was man jeden Tag, jede Woche und jeden Monat tun muss, um mehr oder weniger weiter so auszusehen, wie man aussieht. Und dann gibt es die Instandhaltung, die man jeden Monat, jedes Jahr oder sogar alle paar Jahre durchführen muss: Instandhaltung, die ich als traurige Versuche betrachte, *Die Uhr zurückzudrehen.* In diese Kategorie fallen Eingriffe wie Facelifts, Fettabsaugungen, Botox, größere Zahnbehandlungen und das Entfernen von allerhand Unansehnlichem wie zum Beispiel Krampfadern oder Marisken oder dieser ärgerlichen roten Pünktchen, die ab einem gewissen Alter grundlos auf dem Oberkörper auftreten. Ich werde diese Themen hier nicht diskutieren. Fürs Erste konzentriere ich mich auf das routinemäßige Instandhaltungsprogramm, die Maßnahmen, die verhindern, dass man aussieht, als wäre einem plötzlich alles egal.

Haare

So leid es mir tut: Wir beginnen mit den Haaren. Leid tut es mir deshalb, weil die Pflege der Haare derart aufwendig ist, dass es einen tatsächlich überfordern kann. Manchmal denke ich, dass der geheime Vorteil am Totsein darin besteht, dass man sich keine Gedanken mehr um seine Haare machen muss.

Jetzt mal Hand aufs Herz: Sind Sie Ihre Haare nicht auch manchmal leid? Sind Sie es nicht leid, sie dauernd zu waschen und zu föhnen? Ich kenne Leute, die waschen sich jeden Tag die Haare, und ich begreife es einfach nicht. Haare müssen nicht jeden Tag gewaschen werden, genauso wenig wie man schwarze Hosen jedes Mal nach dem Tragen in die Reinigung bringen muss. Aber auf mich hört ja niemand. Manche meiner Freundinnen brauchen jeden Tag eine Stunde, um sich die Haare zu waschen und zu föhnen, und das an sieben Tagen die Woche. Es ist mir ein Rätsel, dass sie dabei überhaupt noch ein Leben führen. Ich meine, wir reden hier von dreihundertfünfundsechzig Stunden pro Jahr! Neun Arbeitswochen! Das mag ja noch nachvollziehbar gewesen sein, als wir jung waren und die Zeit, die wir damit zubrachten, uns schön zu machen, in einer gewissen Relation zu der Zeit stand, die wir mit Sex verbrachten (was ja einer der Gründe dafür war, dass wir so viel Zeit damit zubrachten, uns schön zu machen). Aber jetzt, wo wir älter sind, wem machen wir da noch etwas vor?

Und außerdem: Haben Sie in letzter Zeit mal versucht, Shampoo zu kaufen? Es gibt Shampoo für trockenes, aber fettiges Haar und Shampoo für kräftiges, aber feines Haar, und zusätzlich gibt es Pflegespülungen und Haarglätter und Volumizer. Wie strapaziert muss das Haar sein, damit es als »strapaziert« gilt? Warum gibt es für Blondhaarige Extrashampoo? Bekommen Blondhaarige besseres Shampoo als wir anderen? Es wird einem ganz schwindlig beim Anblick dieser Regalmeter an Produkten, von denen kein einziges einfach nur ein Shampoo ist.

Um mit diesem Irrsinn klarzukommen, habe ich die Zeit, die ich für meine Haare aufwende, drastisch reduziert. Wenn es sich vermeiden lässt, mache ich mir nicht selbst die

Haare und tue mein Bestes, um Situationen aus dem Weg zu gehen, in denen es erforderlich wäre. Hin und wieder kommt es vor, dass mich eine reiche Freundin auf eine Reise einlädt, bei der ein Segelboot im Spiel ist, und alles, woran ich dann denke, ist das Elend, fünf Tage lang in einer winzigen Kabine mit einem Föhn zu hantieren. Und auch nach Afrika reise ich nie wieder; als ich 1972 da war, gab es draußen im Busch keinerlei Friseurinnen, und für mich hatte sich das Thema damit erledigt.

Ich bewundere Frauen mit Frisuren, die auf magische Weise so gut wie keine Pflege brauchen. Ich beneide alle asiatischen Frauen: Ich meine, haben Sie je eine asiatische Frau gesehen, deren Haare nicht gut ausgesehen hätten? (Nein, haben Sie nicht. Warum ist das so?) Irgendwann habe ich mal ein Interview mit einer berühmten Schauspielerin gelesen, die meinte, besonders stolz darauf zu sein, dass sie ihre Föhnfrisur selber hinbekomme. Noch Tage später war ich völlig deprimiert. Ich bin unfähig, mir selbst die Haare zu föhnen. Dabei habe ich die Ausrüstung und die Pflegeprodukte alle da. Ich bin im Besitz eines Föhns mit verschiedenen Aufsätzen, habe Heizwickler und Klettwickler, außerdem Gel und Schaum und Spray, aber es sieht schrecklich aus, wenn ich mir selbst die Haare mache.

Zweimal in der Woche gehe ich darum in einen Schönheitssalon und lasse mir die Haare machen. Es ist weit billiger als eine Psychoanalyse und macht viel mehr Spaß. Außerdem kostet es viel weniger Zeit, als sich selbst jeden Tag die Haare zu waschen und zu föhnen, vor allem wenn man wie ich in einer Großstadt lebt, wo man an jeder Straßenecke gute und preiswerte Friseurläden findet. Trotzdem habe ich am Ende jeden Jahres mindestens achtzig Stunden darauf verwendet, dass meine Haare sauber sind und gut liegen. Das sind zwei Arbeitswochen. Gar nicht auszudenken, was ich mit all der Zeit alles anfangen könnte. Ich könnte sie zum Beispiel auf eBay verbringen und etwas kaufen, das sich dann als sehr viel weniger wertvoll herausstellt als die Summe, die ich dafür geboten habe. Ich könnte gute Bücher lesen. Natürlich könnte ich auch gute Bücher lesen, während ich mir die Haare machen lasse, aber das tue ich nicht. Ich nehme es mir immer vor. Ich nehme immer eins mit, wenn ich in den Salon gehe. Aber stattdessen lese ich dann immer die Modezeitschriften, die dort ausliegen, vor allem die Artikel über kosmetische und chirurgische Eingriffe. Einmal habe ich nach einer Ausgabe der *Vogue* gegriffen, während mir die Haare gemacht wurden, und das hat mich zwanzigtausend Dollar gekostet. Aber Sie sollten mal meine Zähne sehen.

Haarefärben

Als Gloria Steinem vor vielen Jahren vierzig wurde, machte ihr jemand das Kompliment, dass sie bemerkenswert jung aussehe. Ihre Antwort lautete: »Genau so sieht die Vierzig aus.« Es war ein klasse Satz, und ich wünschte, ich hätte ihn gesagt. »Genau so sieht die Vierzig aus« führte unvermeidlich zu dem Folgesatz: »Vierzig ist die neue Dreißig«, der zu vielen weiteren Sätzen dieser Art führte: »Fünfzig ist die neue Vierzig«; »Sechzig ist die neue Fünfzig«, und sogar zu Sätzen wie »Restaurants sind das neue Theater«, »Focaccia ist die neue Quiche« usw.

Jedenfalls, hier ist der Punkt: Es gibt einen Grund, warum vierzig, fünfzig und sechzig nicht mehr wie früher aussehen, und es hat nichts mit dem Feminismus oder einem gesünderen Lebensstil zu tun. Es liegt an den gefärbten Haaren. In den fünfziger Jahren färbten sich nur sieben Prozent aller amerikanischen Frauen die Haare; mittlerweile findet man in bestimmten Teilen von Manhattan und Los Angeles überhaupt keine grauhaarigen Frauen mehr. (Vor ein paar Jahren war ich einmal im Le Cirque, einem bekannten New Yorker Restaurant, bei einem Mittagessen zu Ehren einer Frau namens Jean Harris. Sie war gerade aus dem Gefängnis entlassen worden, wo sie nach dem Mord an ihrem Freund, einem Diätarzt, zwölf Jahre Haft abgesessen hatte, und sie war die einzige Frau mit grauen Haaren in dem Restaurant.)

Haarfärbemittel hat alles verändert, aber das wird fast nie gewürdigt. Es ist die mächtigste Waffe, die älteren Frauen im Kampf gegen den Jugendkult zur Verfügung steht, und weil es die Uhr tatsächlich anhält (zumindest, was ihre Haarfarbe betrifft), stehen Frauen weitaus drastischeren Eingriffen (wie Facelifts) plötzlich offen gegenüber. Ich bin absolut überzeugt davon, dass gefärbte Haare mindestens teilweise dafür verantwortlich sind, dass es so viele Frauen im mittleren und fortgeschrittenen mittleren Alter auf den Arbeitsmarkt schaffen (und es schaffen, sich dort auch zu halten), ebenso wie gefärbte Haare für alle möglichen Modetrends verantwortlich sind. Zum Beispiel sind gefärbte Haare einer der Gründe dafür, dass Frauen keine Hüte mehr tragen, und definitiv der Grund dafür, dass alle, die ich kenne, Schränke voller schwarzer Kleidung besitzen. Denken Sie einmal. Vor fünfzig Jahren haben Frauen ab einem gewissen Alter so gut wie nie Schwarz getragen. Schwarz war für Witwen, vor allem für italienische Kriegswitwen. Und selbst Gloria Steinem würde mir zustimmen, dass die durchschnittliche italienische Kriegswitwe einen hätte glauben lassen, sechzig sei die neue Fünfundsiebzig. Wenn man graue Haare hat, sieht man in Schwarz nicht nur älter, sondern auch trauriger aus. Aber ältere Frauen mit dunklen Haaren sehen in Schwarz einfach klasse aus – und zwar derart klasse, dass mittlerweile sogar jüngere Frauen mit dunklen Haaren Schwarz tragen. Sogar blonde Frauen tragen Schwarz. Sogar die Frauen in L. A. tragen Schwarz. So gut wie alle tragen Schwarz – bis auf Fernsehmoderatorinnen, Senatorinnen und Texanerinnen, und sie tun mir wirklich leid. Ich meine, Schwarz macht das Leben so viel leichter. Schwarz passt zu allem, vor allem zu Schwarz.

Aber zurück zum Haarefärben. Ich habe ungefähr vor fünfzehn Jahren angefangen, mir die Haare färben zu lassen, und viele Jahre lang hat mich meine Friseurin als unkomplizierte Kundin eingestuft, denn für das, was mit mir gemacht wurde (ich habe ehrlich gesagt keine Ahnung, wie ich das beschreiben soll), mussten keine Wasserstoffperoxide verwendet werden, sodass das Ganze alle sechs Wochen »nur« neunzig Minuten dauerte. Wenn ich mich darüber beschwerte, wie lange es dauere, wurde mir immer gesagt, ich könne mich glücklich schätzen, dass ich nicht blond sei.

In Bezug auf das Haarefärben ist Blondsein praktisch ein Vollzeitjob.

Oh, die armen Blondinen! Sie saßen schon beim Friseur, wenn ich kam, und sie saßen noch immer da, wenn ich ging. Ihr Kopf wurde in einzelne Partien unterteilt und mit kleinen Alufolienpäckchen versehen; sie mussten unter einer Trockenhaube sitzen; sie klagten bitterlich über trockenes Haar und chronischen Spliss. Ich fühlte mich ihnen in jeder Hinsicht überlegen. Zum ersten Mal in meinem Leben sah es ganz danach aus, als habe es Vorteile, brünett zu sein.

Doch dann, ungefähr vor einem Jahr, schenkte meine Friseurin mir Highlights. Wie Sie sicher wissen, sind Highlights überall auf dem Kopf verteilte blond aufblitzende Strähnchen. Dafür ist Wasserstoffperoxid nötig, und das Haarefärben dauert auf einmal unerträglich lang. Während ich auf dem Stuhl saß und darauf wartete, dass das Strähnchenmittel einzog, langweilte ich mich zu Tode. Es vergingen Stunden. Ich hatte keine Ahnung mehr, warum ich in diese kostenfreie Behandlung eingewilligt hatte. Ich schwor mir, dass ich nie wieder in Versuchung kommen würde, mir Highlights machen zu lassen, geschweige denn, auch noch dafür zu bezahlen. (Denn sie sind nicht nur zeitaufwendig, sondern natürlich auch noch wahnsinnig teuer.)

Aber – und wahrscheinlich überrascht es Sie nicht, das zu hören – diese Highlights waren ein wenig wie dieser erste Schluck Brandy Alexander, den Lee Remick in *Die Tage des Weines und der Rosen* trinkt. Ich trat mit vier nahezu unsichtbaren blonden Strähnchen im Haar auf die Madison Avenue und war so begeistert von der Veränderung meines

Aussehens, dass ich ernsthaft dachte, mein Mann würde mich beim Nachhausekommen sicher nicht erkennen. Als es dann so weit war, merkte er nicht einmal, dass ich überhaupt irgendwie anders aussah, aber das war mir egal. Von diesem Moment an war ich süchtig. Das Ergebnis ist, dass das Haarefärben alle sechs Wochen nun mindestens drei Stunden dauert. Und da meine Friseurin (in ihrer Welt) ungefähr so berühmt ist wie Hillary Clinton, kostet das pro Jahr mehr als mein erstes Auto.

Fingernägel

Ich will Sie etwas fragen: Wie und wann ist es eigentlich dazu gekommen, dass man unbedingt zur Maniküre gehen muss? Ich habe keine Ahnung, wie die Antwort lautet, aber ich möchte die Frage trotzdem in den Raum stellen. Sie soll Sie daran erinnern, dass genau dann, wenn Sie glauben, dass Sie wüssten, was Sie in Sachen Instandhaltung alles für sich tun müssten, aus dem Nichts eine weitere Sache aufploppen und sich zu einem zusätzlichen Zeitfresser entwickeln kann.

Die ersten fünfundvierzig Jahre meines Lebens habe ich ohne einen Gedanken an meine Nägel verbracht. Gelegentlich feilte ich sie mit der einzigen jämmerlichen Nagelfeile in meinem Besitz. (Nur ein Kommentar am Rande: Eines der faszinierenden Rätsel des Lebens, dicht gefolgt von der immerzu fehlenden zweiten Socke, ist der Verbleib all der anderen Nagelfeilen in dem Nagelfeilenset, das man sich extra gekauft hat, damit man mehr als nur eine einzige jämmerliche Nagelfeile hat.) Gelegentlich feilte ich mir also die Nägel, trug etwas Nagellack auf und zog los. Die ganze Nagellacksache dauerte ungefähr drei Minuten, und das zweimal im Jahr. (War nur ein Scherz. Aber so in etwa.) Ich wusste, dass es Frauen gab, die regelmäßig zur Maniküre gingen, aber für mich waren sie einfach träge und hatten nichts Besseres zu tun. Oder sie unterlagen fälschlicherweise dem Eindruck, lackierte Nägel seien besonders glamourös. Mit Sicherheit waren es keine Frauen, die sich ihren Lebensunterhalt an der Schreibmaschine verdienten, da sie der Erzfeind langer Nägel war.

Und dann auf einmal schossen in Manhattan Nagelstudios wie Pilze aus dem Boden. Plötzlich gab es mehr Nagelstudios als Spirituosenläden oder Kinko's oder Optiker oder Reinigungen oder Schlüsseldienste, und von denen allen gibt es in Manhattan sehr viel mehr, als man je begreifen kann. Die meisten dieser Nagelstudios wurden von jungen Koreanerinnen betrieben, die eine Maniküre schnell und effizient vornahmen und einem keine Zeit stahlen, indem sie Interesse am Leben ihrer Kundinnen heuchelten. Und sie waren unfassbar günstig: Man zahlte höchstens acht bis zehn Dollar für eine normale Maniküre.

Bald gingen alle zur Maniküre. Wenn man es nicht tat (und seine Nägel einfach nur sauber hielt), fühlte man sich ungepflegt. Man schämte sich. Man hätte sich am liebsten auf die Hände gesetzt. Und darum musste man einmal pro Woche zur Maniküre. Was mich leider auf die Pediküre zu sprechen bringt.

Das Beste an einer Pediküre ist, dass den Großteil des

Jahres, und zwar von September bis Mai, niemand außer Ihrem Liebsten weiß, ob Sie eine haben machen lassen oder nicht. Das Zweitbeste an einer Pediküre ist, dass man währenddessen die Hände frei hat und problemlos lesen oder sogar telefonieren kann. Das Drittbeste an einer Pediküre ist, dass die Füße danach wirklich bezaubernd aussehen.

Das Schlimmste an einer Pediküre ist, dass sie viel zu lange dauert und man genau dann, wenn man glaubt, es geschafft zu haben, warten muss, bis die Nägel getrocknet sind. Und das Trocknen der Fußnägel dauert noch mal so lange wie die eigentliche Pediküre. Sie sitzen da also eine gefühlte Ewigkeit und halten die Warterei schließlich keine Sekunde länger aus und schlüpfen vorsichtig in Ihre Sandalen und gehen. Auf dem Weg nach Hause ruinieren Sie sich den lackierten großen Zeh, und da Ihr großer Zeh nun wirklich das Einzige ist, was andere von Ihren Füßen bemerken, hätten Sie sich die Pediküre auch sparen können.

Unerwünschte Haare

Leider muss ich Ihnen sagen, dass ich einen Bart habe. Wahrscheinlich hatte ich ihn schon immer, aber jahrelang hat er irgendwie geschlafen und ist nicht weiter aufgefallen oder war nur so bedrohlich wie eine dunkle Wolke, aus der es nicht regnet. Als ich jünger war, wurde er gelegentlich dunkler und stürmischer, und wenn das der Fall war, kaufte ich in der Drogerie eine viel zu große Dose von etwas, das Jolene Bleichcreme hieß. (Ich versuchte immer, eine kleine

Dose Jolene Bleichcreme zu kaufen, aber da die Läden an kleinen Dosen weniger verdienen als an großen, waren die kleinen nirgendwo zu kriegen.) Auf diesen Ausflug zur Drogerie folgte fast immer die Entdeckung zahlreicher anderer, nur angebrochener, bestens benutzbarer, wenn auch viel zu großer Dosen Jolene Bleichcreme, die sich die ganze Zeit da unter dem Waschbecken im Badezimmer befunden hatten, wo ich vor dem Ausflug zur Drogerie vergeblich nach ihnen gesucht hatte – das hatte ich wirklich, großes Ehrenwort. Jolene Bleichcreme bewirkt, dass Ihr Oberlippenbart genau dieselbe Farbe annimmt wie das Haar von Richard Gephardt, was besser ist, als wenn er aussehen würde wie der Bart von Frida Kahlo. Haariger, als er sein sollte, ist er aber trotzdem.

Doch dann kam die Menopause. Damit veränderte sich mein Bart: Er schlief nicht mehr, war nicht mehr unauffällig und nur wenig bedrohlich, sondern er war einfach da. Zum Glück ging ich damals zu einer grandiosen, in Russland geborenen Friseurin namens Nina auf der Upper West Side von Manhattan, die sich auf etwas spezialisiert hatte, das man Fadenepilation nennt. Dabei handelt es sich um eine brillante und spannende Technik der Haarentfernung, die sie in Russland erlernt hatte und die meines Wissens das Einzige ist, worin uns die Russen in fünfzig Jahren Kaltem Krieg übertroffen haben. Für die Fadenepilation braucht man einen langen Faden – stinknormales, beliebiges Nähgarn –, der wie bei einer besonderen Spielfigur des Fadenspiels schnell zwischen den Fingern beider Hände gedreht wird, wodurch die Haare zügig, aber schmerzhaft entfernt werden (auch wenn es nicht so schmerzhaft ist wie zum Beispiel Wehen). Das Ergebnis hält ungefähr einen Monat.

Lange Zeit empfand ich diese Technik als einen wunderbaren und nicht besonders aufwendigen Teil meines Instandhaltungsprogramms. Nina machte mir zweimal pro Woche die Haare, darum brauchte sie nur fünf Minuten zusätzlich, um meinen Bart zu epilieren – natürlich plus die zehn Minuten zusätzlich zum Zupfen meiner Augenbrauen, was ich eigentlich nicht gebraucht hätte, da mein Pony so lang ist, dass man gar nicht sieht, ob ich Augenbrauen habe, geschweige denn, ob sie gezupft werden müssen. Aber da Nina schon den Bart wegmachte, kam es ihr (und ja, auch mir) nur naheliegend vor, dass sie die Augenbrauen gleich mitmachte. Sich die Augenbrauen mit der Fadentechnik zupfen zu lassen, ist sehr viel teurer und sehr viel schmerzhafter als normales Augenbrauenzupfen (wenn auch nicht so schmerzhaft wie Wehen) und löst unkontrollierbares Niesen aus. Aber tatsächlich ist das Geld für die Fadenepilation nur ein geringer Preis, den man für das glatte und reizende Ergebnis zahlt.

Allerdings bin ich vor ein paar Jahren leider von der Upper West Side auf die Upper East Side von Manhattan gezogen. Meinen Bart nahm ich mit, aber Nina und die geographische Nähe zu ihrem Salon ließ ich zurück. Darum kommt zu den Kosten für die Fadenepilation nun noch die Reisezeit (und das Geld fürs Taxi) hinzu.

Was unerwünschte Haare angeht, muss ich andererseits unbedingt berichten, dass ich deutlich weniger Zeit damit verbringe, mir Haare mit Wachs zu entfernen, denn (und darüber erfährt man kaum etwas in diesen gut gelaunten, bescheuerten Büchern über die Menopause) ab einem gewissen Punkt hat man an allen möglichen Stellen, an denen man früher mal sehr viele Haare hatte, nur noch wenige. Als junges Mädchen hatte ich eine Freundin, die eine absolute Vorreiterin im Wachsen war. Sie entfernte sich die Haare an den Beinen schon mit fünfzehn, und das war 1956, als praktisch noch niemand diese Technik kannte. Sie gab mir Brief und Siegel, dass die Haare an meinen Beinen, wenn ich sie nicht mit Wachs entfernte – und stattdessen wie alle anderen Normalsterblichen darauf bestand, sie einfach abzurasieren –, immer schneller und dichter wachsen würden und ich irgendwann aussehen würde wie ein Bär. Das hat sich als unwahr herausgestellt. Man kann sich viele Jahre lang die Beine rasieren, ohne dass sie sehr viel haariger werden als am Anfang. Und dann, ab einem gewissen Alter, werden es weniger Haare. Ich schätze, wenn ich achtzig bin, reicht eine Pinzette, um es mit den wenigen störenden Haaren aufzunehmen, die dann noch übrig sind.

Was das Wachsen meiner – wie ich gern sage – Bikinizone betrifft, ist das, was die Modemagazine als Schönheitsregiment bezeichnen, nur eine kurze Episode gewesen. Und da ich besonders gut darin bin, das Tragen eines Badeanzugs zu vermeiden, muss ich es nur noch äußerst selten tun. (Früher jedenfalls war das Wachsen der Bikinizone nicht nur schmerzhaft, sondern wirklich genauso schmerzhaft wie Wehen. Den Schmerz ertrug ich nur mit Hilfe der Atemtechniken, die ich im Lamaze-Kurs gelernt hatte. Ich kann den Kurs sehr empfehlen, wenn auch nicht zur Geburtsvorbereitung, denn dafür ist er praktisch nutzlos.) Ich verstehe, dass sich manche junge Frauen die Schamhaare ganz entfernen oder sie sich wie Formschnitthecken zu Dreiecken und Herzen und Ähnlichem rasieren. Ich selbst bin zum Glück zu alt dafür.

Wo wir gerade von Wehen sprechen, würde ich gern einen kurzen unbedeutenden Kommentar einschieben: Warum heißt es immer, man würde die Schmerzen der Geburt vergessen? Ich habe sie nicht vergessen. Eine Geburt ist schmerzhaft. Sehr schmerzhaft sogar. Die Tatsache, dass ich in diesem Moment keine Schmerzen habe und die Schmerzen der Geburt nicht simulieren kann, heißt nicht, dass ich mich nicht an sie erinnere. Ich esse in diesem Moment auch kein wunderbares gegrilltes Hähnchen so wie 1982 in Asolo, Italien, aber ich kann mich gut daran erinnern. Es war köstlich. Ich kann Ihnen genau beschreiben, wie es geschmeckt hat, und bis auf das eine Mal, als ich sechs Jahre später wieder in dieses Restaurant kam und es noch einmal bestellte (und es sich auf erstaunliche Weise als genauso wunderbar herausstellte, wie ich es in Erinnerung hatte), habe ich nie wieder Hähnchen gegessen, das so knusprig, schmackhaft und saftig gewesen wäre. Das Lied ist zu Ende, aber die Melodie klingt noch nach. Das gilt auch für die Schmerzen einer Geburt – wenn auch nicht auf gute Art.

Sport

Ich möchte gern in Form bleiben. Eine Freundin von mir steht jeden Morgen um fünf Uhr auf und absolviert im Grunde einen Triathlon. Ich übertreibe nicht. Sie ist eine Ironwoman. Sie hebt Gewichte. Sie läuft Marathon. Sie fährt stundenlang mit dem Rad. Letzten Sommer hat sie einen Schwimmkurs besucht, und schon nach einer Woche sprach sie davon, um ganz Manhattan herumschwimmen zu wollen. Vor ein paar Jahren beschloss ich, ein bisschen schwimmen zu gehen, und nach einer Woche hatte ich ein Schwimmerinnenohr. Hatten Sie das auch schon mal? Es ist eine Qual. Ständig plätschert es im Ohr, es juckt so sehr, dass man nachts davon wach wird, und es gibt absolut keine Möglichkeit, sich zu kratzen, es sei denn, man rammt sich den Finger ins Stammhirn. Meine eigene Theorie zu Van Gogh ist ja, dass er sich das Ohr abgeschnitten hat, weil er den Fehler begangen hat, regelmäßig schwimmen zu gehen.

Auf jeden Fall wäre ich wirklich gerne gut in Form. Wäre ich. Aber immer wenn ich versuche, mich in Form zu bringen, geht irgendetwas schief. Um es noch deutlicher zu sagen: Immer wenn ich mich in Form bringe, geht irgendetwas kaputt.

Wie Sie sicher wissen, taucht Sport in der Kulturgeschichte erst ziemlich spät auf. Ungefähr bis 1910 waren die Menschen die ganze Zeit in Bewegung, aber sie betrachteten es nicht als Sport, sondern als das eigentliche Leben. Sie mussten von A nach B kommen, meist zu Fuß, und die Ernte einbringen und Krieg führen und so weiter. Doch dann wurde das Automobil erfunden (ganz zu schweigen vom Sherman-Panzer), und das führte letztlich zum Status quo von heute: einem Land voller untertrainierter (und oft übergewichtiger) Menschen und einer Parallelwelt voller übertrainierter (aber nicht zwangsläufig untergewichtiger) Menschen. Ich für meinen Teil pendle zwischen diesen beiden Welten hin und her. Ich verbringe Zeit damit, mich in Form zu bringen; dann geht etwas kaputt, und ich muss erst wieder gesund werden und bin nicht in Form; dann bin ich wieder gesund und komme in Form; dann geht wieder etwas kaputt. Bei Schäden und Verletzungen kann ich bislang folgende Erfolge vorweisen: Ich habe mir bei Sit-ups den unteren Rücken gezerrt; ich habe mir auf dem Laufband das rechte Hüftgelenk ausgekugelt; ich habe mir beim Joggen einen Muskelfaserriss zugezogen; und ich habe mir beim bloßen Umdrehen im Bett den Hals verrenkt. Vor ein paar Jahren, während einer besonders wilden und ambitionierten Sportphase, schickte mir jemand eine Videokassette des Films *Chicago*, und ich machte den Fehler, ihn für ein Fitnessvideo zu halten. Es war zweifellos das beste Fitnessvideo, zu dem ich je trainiert habe. Ich konnte endlos Gewichte heben, während ich es mir ansah. Zum ersten Mal in all den Jahren Sport war mir nie langweilig. Zuerst war ich Catherine Zeta-Jones, und dann war ich Renée Zellweger. Ich hüpfte durch meine Wohnung und schwenkte meine Zweikilohanteln hier hin und da hin und sang »All That Jazz«. Noch nie war ich glücklicher beim Sport. Aber nach drei Wochen erwachte ich eines Morgens mit schrecklichen Schmerzen und stellte fest, dass ich die Arme nicht mehr bewegen konnte. Tausende Dollar an Arztgebühren später stellte sich heraus, dass ich nicht nur eine, sondern zwei Frozen Shoulders hatte. Die Quittung dafür, dass ich zu lange zu schwere Gewichte gehoben hatte. Es dauerte zwei Jahre, bis diese Frozen Shoulders wieder einigermaßen aufgetaut waren, und unterdessen hatte ich mich schon damit abgefunden, dass ich mir wohl nie wieder den Rücken kratzen (oder den Reißverschluss eines Kleides zuziehen) könnte. Aber mittlerweile mache ich wieder Sport. Ich habe einen Trainer. Ich habe mein Laufband. Ich habe einen Fernseher über dem Laufband. Ich trainiere fast vier Stunden die Woche. Aber im Großen und Ganzen wäre ich lieber mit einem Bein im Grab (wenn auch nicht lieber in den Wehen).

Haut

In meinem Badezimmer stehen viele Fläschchen. Es gibt auch viele Döschen. Die meisten dieser Fläschchen und Döschen enthalten Produkte für die Haut, auch wenn keines von ihnen etwas enthält, das einfach nur »Hautcreme« heißt. Stattdessen enthalten sie Gesichtscreme oder Handlotion, Körperlotion oder Fußcreme. Erinnern Sie sich noch an Ihre Kindheit? Da gab es nur Nivea. Das Leben war so einfach. Tief in meinem Herzen weiß ich, dass all diese Etiketten auf den Fläschchen und Döschen skurril und willkürlich und extra dafür gemacht sind, damit verletzliche, bemitleidenswerte Frauen wie ich astronomische Summen für nutzlose Produkte hinblättern. Andererseits werden

Sie wahrscheinlich nie erleben, wie ich mir Fußcreme ins Gesicht schmiere.

Zum Beispiel habe ich hier direkt neben dem Waschbecken ein Fläschchen mit StriVectin-SD stehen. 2004 wurde StriVectin-SD für genau fünf Minuten zu *dem* Quell ewiger Jugend ernannt. Es stellte sich aber schnell als eine einfache Hautlotion heraus, von der eine Flasche ein Vermögen kostet. Für einen kurzen himmlischen Moment glaubte ich jedoch, es sei der Weisheit letzter Schluss. Die Frau, die es mir in der Kosmetikabteilung verkaufte, benahm sich, als würde sie mir während der Prohibition eine Flasche alten Whiskey unterm Ladentisch verkaufen. »Es ist gerade erst reingekommen«, sagte sie leise. »Wir hatten es im Keller. Wenn wir es offen hinstellen würden, wäre es im Handumdrehen vergriffen. Aber wir behalten es nur bestimmten Kundinnen vor.«

Jetzt steht das Fläschchen auf der Ablage im Bad und nimmt einfach nur Platz weg, zusammen mit ähnlichen Zeugnissen meiner Beeinflussbarkeit: Relikte der Retin-A-Jahre, der Glycolsäure-Ära und der La-Prairie-Phase. Eine gute Freundin hat mir einmal ein winziges Döschen La-Mer-Creme geschenkt, von der ein Teelöffel ungefähr einhundert Dollar kostet. Ich habe sie immer noch, schließlich ist sie viel zu wertvoll, als dass man sie einfach benutzt.

Der Punkt ist: Ich habe Creme für mein Gesicht. Ich habe Lotion für meine Arme und meine Beine. Ich habe Öl für mein Badewasser und Vaseline für meine Füße. Ich kann Ihnen gar nicht sagen, wie viel Zeit ich darauf verwende, mich mit diesen Feuchtigkeitsspendern einzureiben.

Trotzdem bekomme ich immer noch Pickel im Gesicht und raue Stellen an Armen und Beinen. Davon abgesehen habe ich so trockene Haut am Rücken, dass meine schwarzen Pullover nach dem Tragen aussehen, als wären sie in einen Schneesturm gekommen, und die Haut an meinen Fersen fühlt sich an wie ein Luffa-Schwamm.

Was diese ganze Instandhaltungssache betrifft, habe ich sicher etwas unterschlagen. Die Welt der Instandhaltung verändert sich rasant, und ich weiß sicher nicht über alles Bescheid, was Frauen meines Alters noch so treiben. (Erst neulich zum Beispiel traf ich mich zum Mittag mit einer Freundin, die mir versicherte, dass ich etwas verpassen würde, wenn ich diese Gesichtsbehandlung nicht ausprobieren würde, bei der wohl auch eine milde Form von Stromstößen eingesetzt wird.)

Jedenfalls weiß ich, dass ich wahnsinnig viel Zeit mit wirkungslosem Zeug verbracht habe, und da habe ich noch nicht mal die ganzen Sachen aufgezählt, die ich am liebsten gar nicht erwähnen würde: die mitleiderregenden Sachen. Bis auf plastische Chirurgie habe ich so ziemlich alles gemacht. Ich habe sogar alle Füllungen in meinem Mund durch weißes Material ersetzen lassen, und ich schwöre, es hat mich mindestens sechs Monate jünger gemacht. Hin und wieder jagt mir meine Hautärztin eine Spritze mit einem Filler namens Restylane unter die Haut, um den erschlafften Partien am Kinn wieder aufzuhelfen. Ich habe mir zweimal Botox spritzen lassen, in eine Falte auf der Stirn. Einmal habe ich mir mit Eigenfett sogar die Lippen aufspritzen lassen, aber danach sah ich aus wie eine Barbie, also habe ich es nie wieder getan.

Aber kürzlich bin ich auf der Straße an einer Obdachlosen vorbeigekommen. Ich habe die Feministinnen nie verstanden, die immer furchtbare Angst davor hatten, als Bag-Lady zu enden, aber als ich sah, wie diese Frau die Straße entlangschlurfte, verstand ich schließlich wenigstens meine eigene Version dieser Angst. Ich will nicht überdramatisieren; ich weiß, dass ich nie eine Bag-Lady werde. Aber mich trennen nur acht Stunden pro Woche davon, so auszusehen wie diese Frau auf der Straße: mit strohigen, wild abstehenden, grauen Haaren, die ich wahrscheinlich hätte, wenn ich meine nicht färben würde; mit einem Kugelbauch, den ich definitiv bekäme, wenn ich nur die Hälfte von all dem essen würde, das ich jeden Tag essen möchte; mit den dreckigen Nägeln, den aufgesprungenen Lippen, dem Bart und den buschigen Augenbrauen, die auch mein Schicksal wären, sollte ich je zwei Wochen auf einer einsamen Insel verbringen müssen.

Acht Stunden die Woche, und es werden immer mehr. Wenn ich siebzig bin, sind es sicher doppelt so viele. In all dem tröstet mich einzig und allein, dass ich auf jeden Fall etwas zu tun haben werde, wenn ich irgendwann alt und faktisch arbeitslos bin. Vorausgesetzt natürlich, ich habe bis dahin nicht schon mein gesamtes Geld für meine Instandhaltung ausgegeben.

Blind wie ein Maulwurf

Ich erkenne kein Wort auf der Straßenkarte. Ich weiß, dass wir uns auf der Route 110 Richtung Norden befinden, weil wir gerade erst an einem großen Schild vorbeigefahren sind, auf dem das stand. Offenbar sind wir jetzt in Fort Salonga. Fort Salonga ist sicher auf der Karte eingezeichnet, aber ich finde meine Lesebrille nicht, darum kann ich die Karte nicht lesen. Das Beste am Lesen einer Karte ist wohl, dass man sich nie wirklich verfährt, solange man sich auf der Karte orientieren kann, was früher problemlos ohne Lesebrille ging. Aber diese Tage sind vorbei, wir haben uns verfahren. Wir finden es schrecklich, uns zu verfahren. Ich finde es schrecklich, er findet es schrecklich, und unsere Ehe findet es auch schrecklich, wenn wir uns verfahren. Andererseits muss ich gestehen, dass wir uns langsam daran gewöhnen. Und weil es meine Schuld ist (und nicht die meines Mannes), dass ich meine Lesebrille nicht finde, obwohl es seine Schuld ist (und nicht meine), dass im Handschuhfach keine Lupe liegt, sage ich aufmunternde Sachen wie: »Na ja, wenigstens fahren wir in die richtige Richtung.« Auch mein Mann sagt aufmunternde Sachen wie: »Na ja, hier waren wir noch nie, es könnte also interessant werden.«

Und er hat recht. Es könnte interessant werden. Nur dass es draußen dunkel ist und ich gerade einmal ein Schild erkennen kann, auf dem steht, dass wir uns auf der Route 110 Richtung Norden befinden und gerade durch Fort Salonga fahren. Wo immer das ist.

Ich erkenne kein Wort im Telefonbuch. Als junge Journalistin habe ich immer zuerst im Telefonbuch nachgeschaut. Sie wären erstaunt, wie viele Menschen einfach aufgelistet da drin standen und nur darauf warteten, dass man sie fand. Jahre später versuchte ich, das meinen Kindern zu vermitteln, aber sie ignorierten mich. Das trieb mich in den Wahnsinn. Meine Kinder dachten, die Auskunft anzurufen, sei kostenlos, und obendrein drückten sie immer noch die »1«, um sich für eine Zusatzgebühr von fünfunddreißig Cents verbinden zu lassen. Das trieb mich erst recht in den Wahnsinn. Da ich die kleine Schrift im Telefonbuch nicht mehr lesen kann, bin ich gezwungen, die Auskunft anzurufen. Ich spreche mit einer Stimme vom Band. Meine Beziehung zum Telefonbuch fehlt mir. Mir fehlt, wofür diese Beziehung stand: Autonomie. Demokratie. Die Überzeugung, dass man das, wonach man suchte, an einem Ort fand, zu dem alle auf der Welt Zugang hatten. Ich werde wehmütig, wenn ich an das Telefonbuch denke und an eine Welt, in der alle – oder fast alle – in diesem Buch standen und ich sie vor allem ohne die Hilfe dieser körperlosen Stimme fand, die nie versteht, was ich sage.

Ich erkenne kein Wort auf der Speisekarte. Ich erkenne kein Wort im wöchentlichen Fernsehprogramm. Ich erkenne kein Wort im Kochbuch. Und ich kann auch keine

Kreuzworträtsel mehr lösen. Ich erkenne nirgends ein einziges Wort, es sei denn, die Schriftgröße ist extrem groß, je größer, desto besser. Neulich am Computer habe ich einen Text aufgerufen, den ich vor drei Jahren geschrieben habe. Er war in einer derart kleinen Schrift geschrieben, dass ich gar nicht mehr weiß, wie ich ihn überhaupt schreiben konnte. Früher habe ich in Schriftgröße zwölf geschrieben; inzwischen bin ich bei sechzehn und überlege, zu achtzehn oder sogar zu zwanzig zu wechseln. Das macht mich alles sehr traurig. Am traurigsten bin ich in Bezug aufs Lesen. Wenn ich an einem Bücherregal vorbeikomme, ziehe ich gern ein Buch heraus und stöbere darin. Wenn ich eine Zeitung auf dem Sofa liegen sehe, setze ich mich hin und lese darin. Wenn die Post kommt, reiße ich sie liebend gern auf. Mein ganzes Leben besteht aus lesen. Lesen bedeutet mir alles. Lesen gibt mir das Gefühl, dass ich etwas erreicht habe, etwas gelernt habe, ein besserer Mensch geworden bin. Durchs Lesen werde ich klüger. Durchs Lesen habe ich später etwas zu erzählen. Lesen ist das Heilmittel, durch das sich meine Aufmerksamkeitsdefizitstörung selbst reguliert. Lesen ist ein Abwehrzauber und das Gegenteil davon. Durchs Lesen komme ich nach einem Tag, an dem ich in meiner Phantasie gelebt habe, wieder mit der Realität in Berührung; durchs Lesen komme ich nach nur allzu realen Tagen mit der Phantasie anderer in Berührung. Lesen ist ein Gewinn. Lesen ist Freude. Aber die Fähigkeit, etwas in die Hand zu nehmen und es zu lesen – was bislang mein ganzes Leben lang ungehindert ging –, hängt mittlerweile vollständig vom Verbleib meiner Lesebrille ab. Ich sehe mich um. Warum ist die Brille nicht hier im Zimmer? Letzte Woche habe ich im Sale sechs Lesebrillen gekauft und sie überall im Haus verteilt, aber ich kann keine einzige davon finden. Wo sind sie?

Ich finde es schrecklich, dass ich eine Lesebrille brauche. Ich finde es schrecklich, dass ich auf der Karte, im Telefonbuch, auf der Speisekarte, im Buch und auch sonst nirgendwo auch nur ein einziges Wort erkenne. Und das Tablettenfläschchen! Ich habe vergessen, das Tablettenfläschchen zu erwähnen. Ich kann kein Wort auf dem Tablettenfläschchen lesen. Steht da, man soll alle vier Stunden zwei nehmen oder alle zwei Stunden vier? Steht da »Mindestens haltbar bis 12/08/07« oder »Haltbarkeitsdatum abgelaufen. Schluss aus«? Ich habe keine Ahnung, was da steht, und das ist ernst. Ich könnte sterben, weil ich die Schrift auf dem Tablettenfläschchen nicht lesen kann. Genau genommen ist die Schrift auf dem Tablettenfläschchen so klein, dass sie wohl überhaupt niemand lesen kann. Wahrscheinlich könnte ich sie selbst dann nicht lesen, wenn ich keine Lesebrille bräuchte. Andererseits, wer kann sich das schon merken?

Elternschaft in drei Etappen

Erste Etappe: Das Kind ist geboren

Zunächst einmal möchte ich sagen, dass es zu der Zeit, als ich meine Kinder auf die Welt brachte, was noch nicht übermäßig lange her ist, so etwas wie Elternschaft, wie wir es heute kennen, gar nicht gab. Natürlich gab es Eltern, und es gab Mütter und Väter (und Mutterschaft und Vaterschaft), aber das Konzept von Elternschaft steckte noch in den Kinderschuhen, falls es überhaupt schon existierte.

Unter einem Elternteil versteht man Folgendes: Ein Elternteil ist eine Person mit mindestens einem Kind. Zum Elternsein gehört Folgendes: Man liebt seine Kinder, man verbringt ab und zu Zeit mit ihnen, man spielt Ball mit ihnen, man liest ihnen vor, man sorgt dafür, dass sie wissen, was eine Salatgabel ist, man bringt ihnen bei, Bitte und Danke zu sagen, man sieht zu, dass sie ab und zu einen Haarschnitt bekommen, und fragt nach, ob sie ihre Hausaufgaben erledigt haben. Gelegentlich kommen einem überraschend Sätze über die Lippen, die man eigentlich nie sagen wollte (weil es dieselben sind, die schon die eigenen Eltern verwendet haben), Sätze wie:

WEISST DU EIGENTLICH, WIE TEUER DAS IST?

WARUM? WEIL ICH ES SAGE. DARUM.

JETZT GLEICH, HAB ICH GESAGT.
HÖR SOFORT AUF DAMIT.

GEH IN DEIN ZIMMER.

IST MIR EGAL, WAS JESSICAS MUTTER IHR ERLAUBT.

EIN GESCHENK? DU WILLST EIN GESCHENK?

Früher, als es einfach nur Eltern gab, im Gegensatz zu Menschen, die sich mit Leib und Seele ins Elternsein stürzen, war es recht einfach, Eltern zu sein. Man brauchte kein Buch dafür, und falls man doch eins besaß, war es das von dem Kinderarzt Dr. Spock. Man schaute selten hinein, es sei denn, das Kind hatte über neununddreißig Grad Fieber oder Krupp oder beides. Man verstand, dass das eigene Kind eine Persönlichkeit besaß. Seine ganz eigene Persönlichkeit. Damit war es auf die Welt gekommen. Dieses Kind würde eine gewisse Zeit lang mit einem selbst und der eigenen Persönlichkeit zusammenleben, und man selbst und das Kind würden alles dafür tun, einander zu überleben.

»Im Grunde verändern sie sich nicht mehr groß«, sagten die Leute (damals) oft über Babys. Wenn man zum ersten Mal ein Baby bekam, war das ein irgendwie rätselhaftes Konzept. Was genau an dem Baby würde sich nicht mehr groß verändern? Schließlich ist es verdammt schwer zu sagen, was für eine Persönlichkeit ein Baby eigentlich hat, wenn es noch nichts anderes ist als ein Baby. (Ich benutze den Begriff Persönlichkeit hier im weitesten Sinne, gewissermaßen im Sinne von »Gesamtpaket«.) Aber schließlich festigte sich die Persönlichkeit des jeweiligen Babys, und bemerkenswerterweise veränderte sie sich tatsächlich nicht mehr groß. Wenn zum Beispiel die Polizei vor der Tür stand, um Ihnen mitzuteilen, dass Ihre Achtjährige gerade ein Dutzend Eier von Ihrem Fenster im fünften Stock auf die West End Avenue geworfen hatte, dachten Sie wahrscheinlich unweigerlich an das vierzehn Monate alte Baby, das sie einmal gewesen war und das sämtliche grüne Bohnen von seinem Hochstuhl auf den Boden gefegt und dabei eine Mordsgaudi gehabt hatte.

Damals – und ich betone gern noch einmal, dass ich hier nicht vom neunzehnten Jahrhundert spreche, sondern von der Zeit vor ein paar Jahren – glaubte niemand, dass man aus seinem Kind einen anderen Menschen machen könne. T. Berry Brazelton, der Kinderarzt, der Dr. Spock in den Achtzigern ablöste, war ein Schüler von Piaget, und seine Bücher teilten Babys in drei Kategorien ein: sehr aktiv, durchschnittlich aktiv, ruhig. Er behauptete zu keiner Zeit, dass aus einem ruhigen Baby je ein aktives werden würde oder umgekehrt. Das eigene Baby war das eigene Baby, und wenn es einen in den Wahnsinn trieb, dann trieb es einen in den Wahnsinn. Und wenn es in seinem Bettchen lag und zufrieden zu seinem Mobile hochschaute, dann wusste man ungefähr, was einen in den kommenden Jahren erwartete.

Das alles änderte sich ungefähr zu der Zeit, als ich selbst Kinder bekam. Sie dürfen gern der Frauenbewegung die

Schuld daran geben: Da so viele Frauen berufstätig wurden, zählte es zu den grundsätzlichen Forderungen der Frauenbewegung, dass sich Männer an der Erziehung der Kinder beteiligen sollten. Darum das geschlechtsneutrale Wort »Elternschaft« und die Notwendigkeit, Kindererziehung zu etwas anderem zu erheben als den endlosen Stunden an Quantity-Time, aus denen sie tatsächlich besteht. Im Umkehrschluss können Sie aber auch dem Widerstand gegen die Frauenbewegung die Schuld geben: Viele Frauen hatten kein Interesse daran, berufstätig zu sein (oder die Männer an der Kindererziehung zu beteiligen), aber sie fühlten sich schuldig deswegen, darum sahen sie sich gezwungen, die Vollzeitelternschaft zu einem Sakrileg zu erheben.

Jedenfalls gab es plötzlich diese Sache namens Elternschaft. Elternschaft war ernst. Elternschaft war erbittert. Elternschaft war heilig. Elternschaft, im Englischen *parenting* und somit ein Partizip wie *going* und *doing*, war also aktiv, war kraftvoll und beherzt. Elternschaft hieß, dass man in der Schwangerschaft Mozart-CDs hörte, bei der Geburt auf eine Epiduralanästhesie verzichtete und sein Kind stillte, bis es alt genug war, die Bluse selbst aufzuknöpfen. Elternschaft legte die Annahme zugrunde, dass das Baby ein Klumpen Lehm war, den man (durch harte Arbeit, Förderung und positive Verstärkung) zu einem perfekten Menschen formen könne, der irgendwann eine Zusage für ein College seiner Wahl bekäme. Bei Elternschaft ging es nicht einfach nur darum, ein Kind großzuziehen, sondern darum, es zu verwandeln, es zwangszuernähren wie eine Gans; es zu verändern, zu modifizieren, zu modellieren, zu manipulieren, seine Ecken und Kanten zu schleifen und etwas Besseres aus ihm zu machen. (Interessanterweise fing die Gesellschaft zur selben Zeit damit an, an die Vervollkommnung des Kindes zu glauben, als sie anfing, an die dazu im Widerspruch stehende Theorie zu glauben, dass buchstäblich alles in der Natur des Menschen genetisch vorbestimmt sei. Was nur beweist, dass diejenigen, die behaupteten, zwei widersprüchliche Gedanken gleichzeitig aushalten zu können, sei ein Zeichen von Intelligenz, keine Ahnung hatten, wovon sie sprachen.)

Und ganz nebenbei brauchte es jede Menge zusätzliches Personal, um den Verwandlungseffekt zu erzielen, den Elternschaft verfolgte: Babyflüsterer, Schlafberaterinnen, Psychiater, Lerntherapeutinnen, Familientherapeuten, Sprachtherapeutinnen, Nachhilfelehrer. Und wenn nötig, auch verhaltensändernde Medikamente, die zufällig oder auch nicht zufällig genau zur selben Zeit erfunden wurden, als das Konzept der Elternschaft aufkam.

Elternschaft ging mit der impliziten Annahme einher, dass jegliche Zeit, in der ein Elternteil anwesend ist, automatisch Quality-Time sei. Das führte dazu, dass man bei den banalsten Aktivitäten dabei sein musste: um zuzuschauen, anzufeuern und wenn nötig beratend tätig zu werden, selbst wenn das hieß, dass man sein Wochenende in die Tonne klopfte, weil man drei Stunden und zwanzig Minuten irgendwohin fuhr (und später wieder zurück), damit man in einem dunklen, heißen Umkleideraum neben der Tür zur Turnhalle saß, wo das geliebte Kind gerade bei einem Schachturnier geschlagen wurde, bei dem man nicht zuschauen durfte, weil die bloße Anwesenheit im selben Raum das Kind unnötig unter Druck gesetzt hätte. (Die Bereitschaft beider Elternteile, ständig und überall anwesend zu sein, hatte den interessanten Nebeneffekt, dass sich Schulen von da an bei allem Möglichen, was normalerweise von ausgebildeten Lehrkräften beaufsichtigt worden wäre, auf die Eltern verließen.)

Elternschaft hieß, dass man immer verpflichtet war, sein Kind zu verstehen, unabhängig davon, ob es einen verstand oder nicht. Verständnis war der Schlüssel zu allem. Wenn Ihre Kinder glaubten, Sie würden sie verstehen oder es zumindest versuchen, würden sie Sie später in der Pubertät nicht hassen. Und vor allem würden sie zu glücklichen, ausgeglichenen Menschen heranwachsen, die niemals ihr Geld (oder, was sehr viel wahrscheinlicher war, Ihr Geld) für eine Psychoanalyse oder andere stattdessen angesagte Moden der persönlichen Weiterentwicklung hinauswerfen.

Elternschaft benutzte eine völlig andere Sprache als bloßes Elternsein. Eine Sprache, die man niemals in Großbuchstaben geschrieben hätte, um zu verdeutlichen, dass sie besonders impulsiv oder wütend ausgesprochen worden war. Und so ungefähr hörte sich die Sprache der Elternschaft an:

> Aber Liebling, ich weiß doch, dass du Mommys antike Vase nicht kaputt machen wolltest.
>
> Ich würde da gerne in Ruhe mit dir drüber reden.
>
> Ich kann mir gut vorstellen, wie frustriert und wütend du dich gerade fühlst.

Weißt du was, ich mache dir einen Vorschlag: Du gehst jetzt auf dein Zimmer und nimmst dir eine Auszeit, und wenn es dir besser geht, kommst du wieder. Okay?

Wenn du willst, rufe ich Jessicas Mutter an und frage sie, wie sie zu dieser Einstellung kommt.

Wenn du mit den Hausaufgaben fertig bist, können wir gern über ein Geschenk reden.

Zweite Etappe: Das Kind ist in der Pubertät

Die Pubertät ist für Sie als moderne Eltern ein gewaltiger Schock, was vor allem daran liegt, dass es Sie so sehr an die Pubertät erinnert, die Sie selbst durchgemacht haben. Ihr pubertierendes Kind ist mürrisch. Ihr pubertierendes Kind ist wütend. Ihr pubertierendes Kind ist gemein. Genauer: gemein zu Ihnen.

Ihr pubertierendes Kind sagt Wörter, die Sie in Ihrer Jugend nicht benutzen durften und von denen Sie vor der Lektüre vom *Fänger im Roggen* noch nicht einmal gehört hatten. Ihr pubertierendes Kind raucht wahrscheinlich Marihuana, was Sie vielleicht auch getan haben, aber erst als sie mindestens schon achtzehn waren. Ihr pubertierendes Kind hat ganz sicher völlig unangebrachten und belanglosen Sex, den Sie allenfalls ab zwanzig hatten, wenn überhaupt. Ihr pubertierendes Kind schämt sich für Sie und läuft immer zehn Schritte voraus, damit niemand auf die Idee kommt, Sie könnten auch nur im Entferntesten verwandt miteinander sein. Ihr pubertierendes Kind ist undankbar. Sie erinnern sich noch vage, von Ihren Eltern auch als undankbar bezeichnet worden zu sein, aber wofür hätten Sie schon dankbar sein können? Für so gut wie nichts. Ihre Eltern hatten es nicht so mit Elternschaft. Sie waren einfach nur Eltern. Mindestens einer von ihnen trank wie ein Loch. Wohingegen Sie sich vorbildlich verhalten. Sie haben Jahre damit zugebracht, Ihren Kindern das Gefühl zu geben, dass Sie sich für jede je empfundene Emotion Ihrer Kinder interessieren. Sie haben jede erdenkliche Minute im Leben Ihrer Kinder mit kulturellen Aktivitäten gefüllt. Die Worte »Mir ist langweilig« sind Ihren Kindern nie über die Lippen gekommen, denn sie hatten keine Zeit, um gelangweilt zu sein. Sie haben Ihren Kindern alles gegeben, was Sie zu bieten hatten – alles und noch mehr, was man an der Anzahl der Sneakers sehen kann. Sie lieben Ihre Kinder abgöttisch, viel mehr, als Ihre Eltern Sie geliebt haben. Und trotzdem ist aus ihnen das geworden, was aus allen Kindern in der Pubertät wird. Nur schlimmer. Wie ist das passiert? Was haben Sie falsch gemacht?

Dank der Fortschritte in der Ernährung ist Ihr pubertierendes Kind außerdem sicher größer als Sie. Das wöchentliche Taschengeld Ihres pubertierenden Kindes ist so hoch wie das jährliche Bruttoinlandsprodukt pro Kopf in Burkina Faso, einem kleinen, von Armut gebeutelten afrikanischen Land, von dem weder Sie noch Ihr pubertierendes Kind schon einmal gehört hatten, bis Sie vor Kurzem gemeinsam an dem Sozialkundeprojekt Ihres Kindes gearbeitet haben.

Ihr pubertierendes Kind hat sich verändert, aber ganz sicher nicht so, wie Sie es sich erhofft haben, als Sie anfingen, es zu formen. Und auch Sie haben sich verändert. Aus einem moderat neurotischen, recht fröhlichen Menschen ist ein leicht reizbares, schlecht gelauntes und verwahrlostes Wrack geworden.

Aber keine Sorge: Sie können sich Hilfe suchen. Sie können all die Therapeutinnen und Berater aufsuchen, die Sie in den Jahren besucht haben, bevor Ihr Kind in die Pubertät gekommen ist. Denselben Therapeutinnen und Beratern, die ihre eigenen Kinder dank Ihrer verlässlichen Abhängigkeit durchs College und wahrscheinlich ein Jurastudium gebracht haben. Und das hier werden sie Ihnen sagen:

- Die Pubertät ist für die Pubertierenden da, nicht für die Eltern.
- Die Pubertät wurde erfunden, um anhänglichen – oder überanhänglichen – Kindern dabei zu helfen, sich von ihren Eltern abzunabeln, in Vorbereitung auf den unvermeidlichen Moment, da sie das Nest verlassen.
- Es gibt eine ganze Reihe von Dingen, die Sie tun können, um sich das Leben leichter zu machen.

Dieser Rat wird Sie Hunderte – oder Tausende – von Dollar kosten, je nachdem, ob Sie in einer Großstadt oder in einer Kleinstadt leben. Und er ist grundlegend falsch:

- Die Pubertät ist für die Eltern da, nicht für die Pubertierenden.

- Die Pubertät wurde erfunden, um anhänglichen – oder überanhänglichen – *Eltern* dabei zu helfen, sich von ihren Kindern abzunabeln, in Vorbereitung auf den unvermeidlichen Moment, da ihre Kinder das Nest verlassen.
- Es gibt so gut wie nichts, das sie tun können, um sich das Leben leichter zu machen, außer abzuwarten, bis es vorbei ist.

Zufällig kenne ich einen alten Witz, den bestimmt jemand mit pubertierenden Kindern erfunden hat. Nicht dass ich besonders gut im Witzeerzählen wäre. Und falls doch, würden Sie trotzdem nicht erfahren, wie gut dieser Witz ist, denn man braucht sehr lange, um ihn zu erzählen, und außerdem braucht man diesen jiddischen Akzent, den Leute benutzen, wenn sie Witze mit alten Rabbis erzählen, aber jedenfalls: Kommt ein Ehepaar zu einem Rabbi. »Was kann ich für euch tun?«, fragt der Rabbi. »Ach, Rabbi«, sagt das Paar, »wir haben ein furchtbares Problem. Wir haben fünf Kinder und leben in einem Haus mit nur einem Raum und treiben uns gegenseitig in den Wahnsinn.« Da sagt der Rabbi: »Holt euch ein Schaf ins Haus.« Und so holen sie sich ein Schaf ins Haus. Eine Woche später gehen sie erneut zum Rabbi und erzählen ihm, die Situation zu Hause sei noch viel schlimmer geworden, und jetzt sei da auch noch das Schaf. Da sagt der Rabbi: »Holt euch eine Kuh ins Haus.« In der Woche darauf klagen sie ihm erneut ihr Leid, denn die Situation sei so viel schlimmer geworden, und nun hätten sie auch noch die Kuh. Da sagt der Rabbi: »Holt euch ein Pferd ins Haus.« In der Woche darauf geht das Paar zum

Rabbi und erzählt ihm, dass es so schlimm sei wie noch nie. »Dann seid ihr bereit für die Lösung«, sagt der Rabbi: »Schmeißt die Tiere raus.«

Dritte Etappe: Das Kind ist weg

Oh, das Drama vom leeren Nest. Die Sorgen. Die Bedenken. Wie wird das Leben sein? Werden Sie beide sich noch irgendetwas zu sagen haben, wenn die Kinder erst einmal aus dem Haus sind? Werden Sie Sex haben, jetzt wo die Kinder nicht mehr länger als Vorwand dafür herhalten, dass Sie keinen haben?

Schließlich ist es so weit. Ihr Kind geht aufs College. Sie warten auf einen Anfall von Wehmut, aber noch ehe die neue Realität bei Ihnen ankommt – ehe sie überhaupt bei Ihnen ankommen kann, passiert etwas Schockierendes: Ihr Kind kommt direkt wieder nach Hause. An einem amerikanischen College scheint das akademische Jahr aus einer Reihe kurzer Sequenzen von Anwesenheitspflicht zu bestehen, immer wieder unterbrochen von langen Ferien. Diese »Ferien« werden aber nicht Ferien genannt, sondern »Pausen« und »Lesezeiten«. An dem einen oder anderen College gibt es sogar eine »Oktoberpause«. Wer hat denn so was schon mal gehört? Und auf die Tage runtergerechnet könnte sich Ihr Kind für das Geld, das Sie für die Unterbringung im Studentenwohnheim bezahlen, auch ein hübsches Pariser Hotel gönnen.

Jedenfalls vergehen vier Jahre auf diese Art und Weise wahnsinnig schnell. Ihre Kinder gehen. Ihre Kinder kommen zurück. Die Studiengebühr steigt.

Aber schließlich geht die Collegezeit zu Ende, und Ihre Kinder verlassen für immer das Haus.

Das Nest ist tatsächlich leer.

Sie sind noch immer Eltern, aber die Zeit der Elternschaft ist vorbei.

Und nun?

Es muss doch irgendetwas für Sie zu tun geben.

Aber es gibt nichts.

Es gibt nichts, das Sie tun können.

Glauben Sie mir.

Falls Sie sich nach dem täglichen Reigen wiederkehrender Aufgaben sehnen, der mit moderner Elternschaft einhergeht, gibt es eine Lösung: Schaffen Sie sich einen Hund an. Ich empfehle es Ihnen zwar nicht, denn Hunde brauchen enorm viel Zuwendung, aber durch sie hat man definitiv etwas zu tun. Außerdem sind sie äußerst liebenswert und, was noch wichtiger ist, völlig unkritisch. Außerdem kann man sie erziehen.

Aber das ist dann auch schon alles.

Obendrein haben Sie ein zusätzliches Zimmer. Das ehemalige Kinderzimmer. Machen Sie auf keinen Fall den Fehler, es so zu lassen, wie es war. Das ehemalige Zimmer Ihres Kindes ist kein Schrein. Es geht auch nicht an eines der Museen des Smithsonian. Verwandeln Sie es in ein Arbeitszimmer, einen Fitnessraum, ein Gästezimmer oder (falls Sie das alles schon haben) in ein Zimmer, um Weihnachtsgeschenke einzupacken. Machen Sie das so bald wie möglich. Wenn Sie das Zimmer Ihres Kindes so lassen, wie es ist, ermutigt es Ihr Kind vielleicht zurückzukommen. Und glauben Sie mir: Das wollen Sie nicht.

Unterdessen kommen Ihre Kinder Sie immer mal besuchen. Erstaunlicherweise sind es absolut bezaubernde Wesen. Sie wissen gar nicht, womit Sie es verdient haben, diese Menschen zu kennen. Ihre Kinder bringen Sie zum Lachen. Ihre Kinder machen Sie stolz. Sie lieben Ihre Kinder über alles. Ihre Kinder haben Sie überlebt. Sie haben Ihre Kinder überlebt. Ihnen geht durch den Kopf, dass Sie Tage, Monate und Jahre mit Ihren Kindern verbracht und sie immer nur mit Samthandschuhen angefasst haben, aber lassen Sie's gut sein. Es hat keinen Sinn mehr. Es ist vorbei.

Außer dass man sich Sorgen macht.

Dass man sich Sorgen macht, bleibt.

Weiterziehen

Im Februar 1980, zwei Monate nach der Geburt meines zweiten Kindes und dem zeitgleichen Ende meiner Ehe, verliebte ich mich. Ich suchte gerade nach einer Bleibe, und eines Tages setzte ich gerade mal zehn Schritte in eine Wohnung auf der Upper West Side von Manhattan, und mir blieb das Herz stehen. Hals über Kopf. Das war sie. Auf den ersten Blick. Heureka. Zehn Schritte nur, und ich sagte: »Ich nehm sie.«

Die Wohnung war riesig. Sie befand sich im fünften Stock des Apthorp, einem berühmten Steinhaufen an der Ecke Broadway und 79th Street. Die Miete betrug fünfzehnhundert Dollar im Monat – was für Manhattaner Verhältnisse gewissermaßen ein Schnäppchen war. Glauben Sie mir, das war es. Zusätzlich musste ich dem Vormieter ein Schlüsselgeld (wie man es in New York nennt) in Höhe von vierundzwanzigtausend Dollar zahlen, um die Wohnung übernehmen zu dürfen. Ich hatte keine vierundzwanzigtausend Dollar. Ich ging zu einer Bank und lieh mir das Geld. Niemand in dem Gebäude konnte fassen, dass ich bereit war, so viel Geld für eine Mietwohnung auszugeben; es war eine astronomische Summe. Aber die Zimmer der Wohnung waren zauberhaft, die meisten in Taxigelb gestrichen (aber das konnte man leicht beheben); hohe Decken; sehr viel Licht; zwei herrschaftliche (wenn auch stillgelegte) Kamine; und fünf (ja, genau, fünf!) Schlafzimmer. Ich sah es so: Wenn ich vierundzwanzig Jahre lang in dem Gebäude wohnen würde, würde sich das Schlüsselgeld auf nur eintausend Dollar pro Jahr amortisieren, einem sehr geringen Aufpreis – nur zwei Dollar vierundsiebzig pro Tag, was weniger ist als ein Cappuccino bei Starbucks. Nicht dass es Starbucks damals schon gegeben hätte. Und nicht dass ich vorgehabt hätte, vierundzwanzig Jahre im Apthorp zu wohnen. Nein, ich wollte für immer dort wohnen. Bis der Tod uns scheidet. Darum würde sich die Summe wahrscheinlich noch stärker amortisieren. So jedenfalls sah ich das. (Ich sollte hervorheben, dass ich das Wort »amortisieren« normalerweise nicht benutze, außer wenn ich beweisen will, dass etwas, das ich mir eigentlich nicht leisten kann, nicht nur ein Schnäppchen, sondern im Grunde geschenkt ist. In der Regel teile ich darum den Preis dieses Etwas durch die Anzahl an Jahren, die ich dieses Etwas benutzen will, und wenn das nicht funktioniert, teile ich es durch die Anzahl an Tagen oder Stunden oder Minuten, bis ich auf eine Zahl komme, die unter dem liegt, was man für einen Cappuccino zahlt.)

Aber genug vom Geld. Schließlich geht es in dieser Geschichte nicht um Geld, sondern um Liebe. Und alle Geschichten über die Liebe beginnen mit einem gewissen Maß an Rechtfertigung.

Ich hatte nie vorgehabt, auf der Upper West Side zu wohnen, aber nach ein paar Wochen konnte ich mir nicht mehr vorstellen, irgendwo anders zu wohnen, und wie es so meine Art ist, fing ich an, eine Religion aus meiner Nachbarschaft zu machen. Wahrscheinlich lag das daran, dass Religion sonst keine Rolle in meinem Leben spielte, aber egal. Meine Wohnung befand sich einen Block von H&H Bagels und Zabar's entfernt und einen halben Block von einer Subway-Station. Direkt gegenüber gab es einen Zeitungskiosk, der rund um die Uhr geöffnet hatte. Nur einen Katzensprung entfernt gab es das La Caridad, das tollste kubanisch-chinesische Restaurant auf der ganzen Welt, wie ich es meinen Freundinnen gegenüber beschrieb, und auch daraus machte ich eine Religion.

Aber mein eigentlicher religiöser Eifer richtete sich auf das Apthorp selbst. Ich glaubte ernsthaft, dass ich am Tiefpunkt meines Erwachsenenlebens von einem Gebäude gerettet worden war. Ja, okay, ich dramatisiere, aber genau das glaubte ich. Ein Jahr zuvor war ich nach Washington, D. C., gezogen, fest überzeugt, den Rest meines Lebens dort zu verbringen. Ich hatte versucht, mich darüber zu freuen, aber schon bald brach die harte Realität über mich herein. Ich starrte aus dem Fenster meiner Wohnung in Washington, von wo man einen imposanten Blick auf die Löwen im National Zoo hatte. Die Löwen im National Zoo! Unzählige Metaphern der Gefangenschaft kamen mir in den Sinn! Genau wie ich lebten die Löwen in einem großzügigen, komfortablen Gehege, und genau wie ich hatten sie reichlich Nahrung. Aber waren sie glücklich? Und so weiter. Andere Male ging mir die alte Clairol-Werbung durch den Kopf: »Wenn ich nur dieses eine Leben habe, so will ich es als

Blondine verbringen« – auch wenn es in meiner eigenen Version nicht um die Farbe der Haare ging. Wenn ich nur dieses eine Leben habe, dachte ich voller Selbstmitleid, warum lebe ich es dann hier? Aber natürlich erinnerte ich mich dann jedes Mal wieder an das Warum: Ich war verheiratet, und mein Mann lebte in Washington, und ich liebte ihn, und wir hatten ein gemeinsames Kind, und ein weiteres war unterwegs.

Als meine Ehe in die Brüche ging, wurde mir klar, dass ich mir nie wieder Gedanken darüber machen müsste, ob es in der unmittelbaren Umgebung unserer Wohnung jemals einen Käseladen geben würde. Ich konnte einfach wieder zurück nach New York ziehen, an den Ort, der nicht nur den Spitznamen Big Apple hat, sondern aus gutem Grund auch Cheese Central hieß. Aber ich hielt es für aussichtslos, dass ich jemals eine bezahlbare Wohnung finden würde, die genug Platz für uns alle hätte.

Wenn man seine Wohnung in New York aufgibt und in eine andere Stadt zieht, verwandelt sich New York in die schlimmste Version seiner selbst. Eine Bekannte hat einmal richtigerweise gesagt, dass die Redensart »was für eine schöne Stadt, wenn man zu Besuch ist, aber leben wollte ich hier nicht« in Bezug auf New York absolut falsch ist; das Gegenteil ist der Fall. New York ist eine überaus lebenswerte Stadt. Aber wenn man wegzieht und nur noch zu Besuch kommt, ist es, als würde einen die Stadt zum Feind erklären. Alles ist plötzlich viel teurer (weil man sämtliche Mahlzeiten außer Haus essen und auch noch für eine Unterkunft zahlen muss) und sehr viel unfreundlicher. Die Dinge ändern sich in New York; die Dinge ändern sich ständig. Wenn man in der Stadt lebt, stört es einen nicht; wenn man in der Stadt lebt, ist es Teil der aufregenden Romanze mit einer Stadt, die nie schläft. Aber wenn man wegzieht, erlebt man die Veränderungen als Verrat. Man geht die Third Avenue hinauf, um sich in der Bäckerei des Vertrauens einen Brownie zu kaufen, und plötzlich ist die Bäckerei nicht mehr da. Die Reinigung zieht nach Florida; die Zahnärztin geht in den Ruhestand; die Dame, die an der West Fourth Street die Pies gemacht hat, verschwindet; der Maître im P. J. Clark's schmeißt hin, und man merkt, dass man mit gutem Trinkgeld erst wieder das Herz der kühlen, schicken jungen Frau am Eingang erobern muss. Man hat sich nur einen Moment umgedreht, und schon ist alles anders. Man war eine Insiderin, ein Urgestein, eine Subway-Nutzerin und Hüterin diverser Geheimtipps für die richtig guten Sachen, und plötzlich ist man nur noch Vielfliegerin und steckt beim Pendeln zwischen La Guardia und der Innenstadt regelmäßig in einem Taxi auf der Grand Central Parkway fest. Außerdem liest man, dass die Mieten in Manhattan gestiegen sind, so sehr, dass sie mittlerweile die Stratosphäre erreicht haben. Und es kommt einem vor, als ob in dem Moment, da man die Stadt verlassen hat, eine Mauer ringsherum errichtet worden wäre und es einem nie gelingen wird, sie zu überwinden und zurück in die Stadt zu gelangen. Darum kam es mir vor wie ein Wunder, als ich die Wohnung im Apthorp fand. Ich hatte einen sicheren Hafen gefunden. Und die Architektur des Gebäudes verstärkte diese Illusion nur noch.

Das Apthorp, 1908 von der Familie Astor erbaut, hat die Größe eines ganzen Häuserblocks. Von der Straße aus ist es ein mitteleuropäischer Klotz, so solide wie ein Panzer, aber das eigentliche Herzstück ist der große Innenhof mit zwei wunderschönen Marmorbrunnen und einer bezaubernden Gartenanlage. Sobald man den Innenhof betritt, vergisst man die Stadt und fühlt sich wunderbar geborgen inmitten eines atemberaubenden Parks. Es gibt Steinbänke, auf denen man nachmittags sitzen kann, während die Kinder fröhlich herumlaufen, mit ihren Fahrrädern fahren, sich streiten und dabei fast in den Brunnen fallen und darin ertrinken. Im Frühling blühen Tulpen und Azaleen, im Sommer blassblaue Herzblattlilien und Hortensien.

Die meisten Menschen, die nicht in New York wohnen, können sich nicht vorstellen, dass New Yorker genauso viel Nachbarschaftssinn haben wie Leute aus kleineren Städten im Land. Im Apthorp ist das sogar noch ausgeprägter, weil der Innenhof den Anwohnern zahlreiche Möglichkeiten bietet, sich zufällig über den Weg zu laufen und so auch irgendwann beim Namen zu kennen. An Halloween verwandelten alle mit kleinen Kindern die Laternen im Innenhof in geisterhafte Gestalten mit Kürbissen als Kopf. Im Dezember stellten die Vermieter eine elektrische Menora auf, direkt neben einem Weihnachtsbaum mit funkelnden kleinen Lichtern.

Wie es der Zufall wollte, wohnten bereits mehrere Bekannte in dem Gebäude, und da wir nun in unmittelbarer Nachbarschaft lebten, wurde die Beziehung zu ein paar von ihnen deutlich enger. Der Mann, mit dem ich regelmäßig ausging und den ich schließlich heiratete, erschlich sich über Trinkgelder eine Wohnung im obersten Stock. Meine Schwester Delia und ihr Mann zogen ein; auch sie hatten vor, bis zum Ende ihres Lebens im Apthorp zu wohnen. Wenn Delia und ich zusammen an einem Drehbuch schrieben, musste sie nur die Treppe hinunter, durch den Innenhof und die Treppe wieder hinauf, schon war sie in meiner Wohnung; an Regentagen konnte sie sogar einen Schleichweg durch den Keller nehmen. Meine Freundin Rosie O'Donnell mietete eine Wohnung im obersten Stock und war so fasziniert von einem Portier namens George, der eine herausragende Persönlichkeit besaß, dass sie ihn als Gast zu sich in die Talkshow holte. Wie die meisten Portiers im Apthorp öffnete George einem nicht wirklich die Tür – übrigens ein riesiges, schweres Eisentor, bei dem man oft dringend Hilfe brauchte –, sondern führte über jeden, der im Gebäude wohnte, ausführlich Protokoll. Wenn ich nach Hause kam, setzte er mich sofort darüber ins Bild, wo sich mein Mann, meine Jungs, meine Babysitterin, meine Schwester und mein Schwager befanden. Sogar über Rosie informierte er mich, die ihre Wohnung orange strich und ganze Regalwände für ihre umfangreiche Sammlung von Happy-Meal-Spielzeug einbauen ließ, sich wegen ihrer Hunde mit den Nachbarn überwarf und sich mit dem Vermieter darüber stritt, dass ihre Waschmaschine aus irgendeinem Grund unwiderruflich mit dem Badewannenabfluss verbunden war, und schließlich auszog. Ich war fassungslos. Wie, bitte, konnte irgendwer das Apthorp freiwillig verlassen? Mich werden sie mit den Füßen zuerst raustragen, sagte ich immer.

Ab und zu hielt ein Krankenwagen im Innenhof, und jemand aus dem Haus wurde tatsächlich mit den Füßen zuerst rausgetragen. Innerhalb kürzester Zeit wurde der Vermieter mit Anfragen zu der womöglich frei werdenden Wohnung überhäuft, meistens von Mieterinnen, die den Krankenwagen gesehen (oder von George davon erfahren) hatten und gern in eine größere Wohnung umziehen wollten.

Als ich einzog, gehörte das Apthorp drei älteren Menschen – obwohl sie, wenn ich so darüber nachdenke, nicht viel älter waren, als ich es heute bin. Einer von ihnen war ein charmanter, höflicher Gentleman, der sich in allen möglichen Wohltätigkeitsorganisationen engagierte, unter anderem für Holocaustüberlebende. Im Verlauf seines beachtlich langen Lebens wurde er für verschiedenste Sachen vor Gericht gestellt, allerdings nie für das eine Verbrechen, dessen er, wie ich wusste, schuldig war und das darin bestand, dass er sich die Taschen mit Zahlungen von Leuten füllte, die ein- oder auszogen. Ich war ein großer Fan von ihm und seinem roten Porsche, den er bis zu dem Tag fuhr, an dem er ins Krankenhaus kam. Dort nahm er das letzte Schmiergeld entgegen, von meinen Nachbarn nämlich, und starb. Das Schmiergeld betrug übrigens fünfzigtausend Dollar. Meine Nachbarn nahmen es von den zweihundertfünfundachtzigtausend Dollar Schlüsselgeld, die sie der neuen Mieterin abgenommen hatten. Ganz richtig. Jemand hatte zweihundertfünfundachtzigtausend Dollar Schlüsselgeld bezahlt, um ins Apthorp einziehen zu können. Wie war das möglich? Was dachte man sich nur dabei? Ich nehme an, ich weiß es: Man dachte sich, dass sich die zweihundertfünfundachtzigtausend Dollar in sechsundfünfzig Jahren auf vier Cappuccini amortisieren würden. Große Cappuccini. *Sehr* große Cappuccini.

Ungefähr zehn Jahre lebte ich im Apthorp in einer Art von umnachtetem Rausch. Oft lief braune Brühe aus dem Badezimmerhahn, in den Heizkörpern war vermutlich Asbest, und die Gebäudefassade war schwarz von Ruß. Außerdem gab es Mäuse. Aber wen interessierte das schon? Meine Miete stieg unweigerlich an – laut dem Gesetz zur Mietpreisbindung durften Vermieter die Miete alle zwei Jahre um maximal acht Prozent anheben –, aber die Wohnung war trotzdem noch ein Schnäppchen. Zu der Zeit war der Immobilienboom in New York schon in vollem Gange, und die Zeitungen waren voll mit erschreckenden Geschichten über explodierende Mieten. In Manhattan gab es Einzimmerwohnungen, die kosteten im Monat zweitausend Dollar. Ich zahlte dieselbe Summe für acht Zimmer. Ich kam mir vor wie ein Genie.

Unterdessen gab es unzufriedene Mietparteien im Gebäude, die die Eigentümer wegen verschiedenster Missstände verklagten. Ich konnte mir nicht vorstellen, warum. Was wollten sie? Mehr Service? Einen Anstrich dann und wann? Den zügigen Austausch defekter Armaturen? Manche beschwerten sich sogar darüber, dass es nicht gestattet war, sich bestelltes chinesisches Essen hinauf zur Wohnung bringen zu lassen. Na und? Jedes Mal wenn ich nach einem langen Tag den Innenhof betrat, verliebte ich mich aufs Neue.

Ein Polizist, der eines Abends eine Auseinandersetzung

auf meiner Etage schlichten musste, fasste meine Gefühle perfekt zusammen. Mein unmittelbarer Nachbar war ein freundlicher, liebenswerter Professor, der keiner Fliege etwas zuleide tun konnte. Sein Sohn ließ sein Rad oft draußen auf dem Gang zu unseren Wohnungen stehen. Unser Nachbar ein paar Türen weiter, ein Steuerberater, ärgerte sich über das Rad vom Sohn des Professors, das er für einen Schandfleck hielt, was es wahrscheinlich auch war. Eines Nachmittags beschloss er darum, das Rad direkt vor die Wohnungstür des Professors zu stellen und sie so zu versperren. Der Professor fand das Rad dort vor und brachte es wieder an den alten Platz auf dem Gang. Der Steuerberater stellte es zurück und versperrte so erneut die Tür des Professors. Das Ganze ging mit allerlei Lärm einher, und das erregte meine Aufmerksamkeit. Das Ergebnis war, dass ich an der Tür lauschte und raus auf den Gang spähte, als sich der letzte Akt des Dramas vollzog.

Der Professor hatte das Fahrrad gerade zurück auf den Gang gestellt und wartete nun wie ich an der Wohnungstür darauf, den Steuerberater auf frischer Tat zu ertappen. Beide standen wir da und schielten dümmlich durch die dünnen Vorhänge vor dem Glaseinsatz unserer Wohnungstür. In der Tat tauchte der Steuerberater auf und schob das Fahrrad direkt vor die Tür des Professors. In dem Moment riss der Professor die Tür auf und schrie den Steuerberater an, den er im Übrigen überragte. Innerhalb von Sekunden vergaß er sich völlig und schlug auf den Steuerberater ein. Es war wahnsinnig aufregend. Der Steuerberater rief die Polizei, die in Windeseile kam. Da ich dank meiner Neugierde Zeugin des

Vorfalls geworden war, lud ich mich selbst zu dem kleinen Treffen mit der Polizei und meinen zwei Nachbarn ein. Das Treffen fand in der mietpreisgebundenen Wohnung meines Professors statt, die sogar noch mehr Schlafzimmer hatte als meine. Beide erzählten ihre Version der Geschichte, und dann erzählte ich meine. Ich muss sagen, meine Version war die beste, da sie einen kurzen, äußerst aufschlussreichen und wahrscheinlich absolut irrelevanten Exkurs über die Ungeduld kinderloser Menschen gegenüber Menschen mit Kindern (und Fahrrädern) enthielt. Das hätten Sie hören sollen. Als wir alle zu Ende gesprochen hatten, stand der Polizist jedenfalls kopfschüttelnd auf. »Warum können Sie nicht einfach miteinander auskommen?«, sagte er, als er zur Tür ging. »Ich würde morden, um in diesem Gebäude wohnen zu können.«

Irgendwann hatte ich plötzlich einen immer wiederkehrenden Traum über das Apthorp – um genau zu sein, einen immer wiederkehrenden Albtraum: Ich träumte, ich sei unglücklicherweise aus dem Gebäude ausgezogen, was sich als größter Fehler meines Lebens herausstellte, und bekam nun meinen Mietvertrag nicht zurück. Ich habe genug Psychoanalyseerfahrung, um zu wissen, dass man solche Träume nicht eins zu eins übersetzen darf, aber ich finde es trotzdem erstaunlich, dass mein Unterbewusstsein auf der Suche nach etwas, das schlimmsten Verlust für mich symbolisiert, ausgerechnet meine Wohnung ausgräbt.

Ungefähr 1990 verbreiteten sich erste Gerüchte, dass es eine Änderung der Gesetzeslage geben würde: Unter bestimmten Umständen konnte die Mietpreisbindung aufgehoben und die Miete auf das ortsübliche Preisniveau angehoben werden. Ich weigerte mich, der Sache Beachtung zu schenken. Meine Nachbarschaft kannte kein anderes Thema mehr. Sie meinten, unsere Mieten könnten auf acht- oder zehntausend Dollar im Monat angehoben werden. Ich hielt sie für übertrieben nervös. Die Mietpreisbindung war ein ebenso unverzichtbarer Teil von New York wie Gray's Papaya. Niemand würde sich trauen, sie anzutasten. Ich gab ja bereitwillig zu (na ja, zu bereitwillig nun auch wieder nicht), dass das neue Gesetz unter gewissen Umständen für etwas mehr Gerechtigkeit sorgte. Ich verstand ebenfalls (wenn auch nur in Ansätzen), dass manche der Meinung waren, Leute wie ich seien jahrelang mit einer Art Sozialwohnungskonzept davongekommen. Ich sah (vage) ein, dass den Eigentümerinnen schon auch etwas zustand. Aber wenn man die Mieten erhöhen würde, dann doch sicher in angemessener Weise. Schließlich waren die Mietparteien bei uns im Gebäude alle eine große Familie. Das war den Vermietern doch klar. Niemals würden sie etwas derart Unangemessenes tun, wie die Miete zu verdoppeln oder zu verdreifachen. Dieser Moment höchst dümmlicher Verblendung war vergleichbar mit dem Moment – in der frühen Phase jeder Liebesgeschichte, die schlecht ausging –, wenn eine Frau das erste Mal den Hauch eines anderen Frauenparfüms am Hemd ihres Mannes bemerkt, aber so tut, als habe das nichts zu bedeuten, und munter so weitermacht wie bisher. Und dann engagierte das Gebäude eine Managerin namens Barbara Ross.

Miss Ross war eine kleine angsteinflößende Frau mit blasser weißer Haut, knallroten Lippen und pechschwarzen Haaren, aufgetürmt zu einer imposanten Beehive-Frisur. Dieser Bienenkorb aus Haaren war so übergroß und bizarr, dass er mich an eine Großstadtlegende aus den fünfziger Jahren über eine Frau erinnerte, die ihre Haare so derart stark toupierte, dass irgendwann Kakerlaken darin wohnten. Ihre Stimme klang honigsüß, was sie nur noch angsteinflößender machte. Sie war entweder vierzig oder siebzig, so genau wusste das keiner. Sie trug rosafarbene Kostüme aus Schantungseide mit riesigen Schulterpolstern. Sie hatte ihre Augen überall. Sie wohnte in New Jersey, aber Donnerstagnacht blieb sie im Büro, und es hieß, sie würde barfuß herumschleichen und versuchen, die Aufzugführer bei einem Schläfchen zu erwischen. Sie verfasste Aushänge, um den Kindern das Ballspielen im Innenhof zu untersagen. Sie ließ die Wege im Innenhof neu befestigen und das Kopfsteinpflaster asphaltieren. Sie hatte so eine Art, auf dem Flur auf einen zuzukommen, durch die man sich sofort schuldig fühlte, auch wenn man vollkommen unschuldig war. Kurz gesagt: Sie war eine Figur aus einem Albtraum – und zwar so sehr, dass sie sofort zu einer entscheidenden Figur in meinem wurde. Ich träumte, ich sei unglücklicherweise aus dem Gebäude ausgezogen, was sich als größter Fehler meines Lebens herausstellte, und bekam nun *wegen Miss Ross* meinen Mietvertrag nicht zurück.

In der Zwischenzeit geschah das Unvorstellbare. Die Stadt New York verabschiedete ein Gesetz, das Luxuswohnungen dem freien Markt preisgab und besagte, dass jede Mietpartei, deren Miete höher war als zweitausendfünfhundert Dollar im Monat und deren jährliches Haushaltseinkommen höher war als zweihundertfünfzigtausend im Jahr automatisch aus der Mietpreisbindung herausfiel. Das durfte doch nicht wahr sein. Ich war fassungslos. Ich hätte ja verstanden, wenn man das neue Gesetz bei *neuen* Mietern angewandt hätte, aber wie, bitte, konnte es auf uns angewendet werden, die durch den stillschweigenden Deal der Mietpreisbindung seit Jahren in dem Gebäude lebten? Nie hatte irgendwer auch nur die Wohnräume neu gestrichen, und ich hatte auch nicht darum gebeten, und auf einmal würden mich die Eigentümer behandeln, als wohnte ich in einer Luxuswohnung? Das war geradezu verfassungswidrig! Absolut unfair! Völlig ungerecht! Es war falsch! Und draußen verstand das sowieso niemand. Ich verdiente anständig. Meine Miete wurde erhöht. Noch dazu würde ich als Erste im gesamten Gebäude diese Erfahrung machen. Aber das interessierte niemanden. Mich hätte es auch nicht interessiert, wenn nicht ich die Leidtragende gewesen wäre. Andererseits war ich gar nicht ich selbst. Ich war verliebt. Ich war eine wahre Gläubige, wie diese französischen Dorfbewohnerinnen im Mittelalter, die glaubten, sie hätten die Tränen der heiligen Cäcilia auf einem Fetzen Öltuch gesehen. Ich war eine Figur in einer Geschichte über die Verblendung der Massen und den Irrsinn von Menschenmengen. Kurzum: Ich war völlig meschugge.

Und so ging ich zu Miss Ross. Soweit ich mich erinnere, hielt ich einen gefühlvollen Vortrag über meine Liebe zum Gebäude, der wahnsinnig rührend war, wenn auch nicht für sie. Sie teilte mir mit, dass sich meine Miete verdreifachen würde. Wir verhandelten. Sie ging ein Stück runter mit dem Preis. Sie ging so weit runter, dass ich mir einreden konnte, ich hätte einen kleinen Sieg errungen. Wie weit sie runtergegangen ist? Das kann ich Ihnen unmöglich sagen. Es ist mir zu peinlich, die Zahl zu nennen. Selbst wenn ich Ihnen versichern würde, dass es mit Blick auf die New Yorker Mieten gar nicht so schrecklich unverschämt war, würden Sie mir niemals glauben. Jedenfalls stimmte ich der Erhöhung zu. Ich unterschrieb einen neuen Mietvertrag.

Ich unterschrieb, weil ich genug Geld für die Miete hatte, aber nicht annähernd genug, um irgendwo in der Stadt eine ähnlich schöne Wohnung zu kaufen.

Ich unterschrieb, weil mein Steuerberater mich davon überzeugte, und zwar auf diese für Steuerberater unwiderstehliche Art, dass die Miete letztlich niedriger wäre als die monatlichen Instandhaltungskosten nebst Hypothekentilgung für eine Eigentumswohnung.

Ich unterschrieb, weil ich, wie Sie bereits wissen, eine Expertin in Sachen Rechtfertigung bin, und ich überzeugte mich selbst, dass ich durch meinen Verbleib im Gebäude riesige Summen sparte. Die Kosten für einen Umzug zum Beispiel. Die Kosten für einen neuen Telefonanschluss. Die Kosten für die vielen Briefe, um meinen Freunden mitzuteilen, dass ich von nun an unter einer neuen Adresse zu erreichen wäre. Die Kosten für neue Möbel, falls ich für die neue Wohnung, nach der ich gar nicht gesucht hatte und in die ich nicht einziehen würde, welche brauchen sollte. Die Stunden und Tage und womöglich Wochen meiner wertvollen Zeit, die ich damit vergeuden würde, einen Kabelanbieter zu erreichen. Zeit, in der ich stattdessen einen erstklassigen Roman schreiben und ein kleines Vermögen verdienen könnte, mit dem die Mieterhöhung locker zu stemmen wäre.

Aber wie schon gesagt, in dieser Geschichte geht es nicht um Geld. In dieser Geschichte geht es um Liebe. Ich unterschrieb den Mietvertrag, weil ich nicht bereit war für eine Scheidung – von meinem Gebäude.

Als ich vor vielen Jahren eine Analyse machte, sagte meine Therapeutin immer: »Liebe ist Heimweh.« Damit meinte sie, dass wir uns häufig in jemanden verlieben, der uns an einen unserer Eltern erinnert. Das ist natürlich eine dieser Weisheiten, die Analytikerinnen immer sagen, auch wenn es wirklich nicht stimmt. So ziemlich jeder Mensch auf diesem Planeten kann einen an irgendetwas an unseren Eltern erinnern, auch wenn es nur ein Grübchen ist. Aber ich will nicht abschweifen. Ich will vor allem eins damit sagen: Liebe mag nun Heimweh sein oder nicht, aber Heimweh ist definitiv Liebe. Meine Wohnung im Apthorp war im Grunde der einzige Ort, an dem meine Kinder und ich je zusammengelebt hatten. Seit dem Tag unseres Einzugs hatten wir nie auch nur ein einziges Mal die Tür abgeschlossen. Es war der Ort, an dem Max mit dem Kopf in einer Kuchenform stecken geblieben war und Jacob gelernt hatte, sich die Schnürsenkel zu binden. Nick und ich wurden vor dem stillgelegten Kamin im Wohnzimmer getraut. Die Wohnung stand für Familie. Sie war ein Sinnbild für den Moment in meinem Leben, als sich mein Schicksal zum

Besseren gewendet hatte. Sie war Teil meiner Identität oder zumindest Teil meines Wunschdenkens in Bezug auf meine Identität. Dadurch dass sie auf der nicht so angesagten West Side lag, fühlte ich mich anständig und klug. Weil es eine Mietwohnung war, fühlte ich mich unprätentiös. Weil sie schon etwas abgenutzt war, fühlte ich mich schick. Kurzum: Sie war auf eine tiefe, wahrscheinlich narzisstische und wohl auch äußerst typische Weise ein Zuhause, und ich war überzeugt, kein anderer Ort auf der Welt würde je ein ähnliches Gefühl in mir auslösen.

Plötzlich kam es zu einer Reihe gruseliger Zwischenfälle. Auf dem Dach gab es einen mysteriösen Leichenfund. In einer der Wohnungen kam es zu einem Brand. Eine Wohnung in der elften Etage wurde ausgeraubt, und die Haushaltshilfe wurde angegriffen.

Doch dann kam der eigentliche Schock: Die Eigentümer renovierten das Gebäude. Dieselben Eigentümer, die seit unserem Einzug praktisch nichts an dem Gebäude verändert hatten, ließen die Fassade mit Sandstrahlern bearbeiten, Rohre austauschen, die Aufzüge reparieren und die Decken in den Aufzügen und in der Lobby golden streichen. Sie steckten die Angestellten in Uniformen mit Litzen und Epauletten, die damit aussahen wie eine spanische Ausgabe der Sergeant Pepper's Lonely Hearts Club Band. Der älteste Eigentümer, ein Mann Mitte neunzig namens Nason Gordon, ließ die Briefkästen vom Eingang verlegen und durch die große Marmorstatue einer nackten Frau ersetzen, die von der Mieterschaft sofort auf Gottesmutter des Apthorp getauft wurde. Den Innenhof überzog er mit grässlichen weißen Pflanzkübeln und Löwenstatuen. Wir erlebten jede Veränderung – und war sie auch noch so klein – als feindseligen Akt. Die Verbesserungen dienten ganz offensichtlich nur einem einzigen Zweck: unsere Mieten zu erhöhen. Und so lief es auch. Jedes Mal wenn die Eigentümer Geld in das Gebäude steckten, marschierten sie zur Mietpreisbindungsstelle und baten darum, die getätigten Ausgaben auf die Mieten umlegen zu dürfen. So fielen immer mehr Mietparteien unter das neue Gesetz zur Deregulierung der Mieten und verfielen in schreckliche Panik. Die Angst wurde dadurch verstärkt, dass das neue Gesetz den Vermietern ermöglichte, die Mietpreiserhöhungen völlig willkürlich zu gestalten. Mal davon abgesehen: Wie, bitte, ermittelte man das ortsübliche Mietpreisniveau einer Achtzimmerwohnung in einer Stadt, in der es praktisch keine Mietwohnungen mit acht Zimmern gab?

Die Neunziger waren in vollem Gange, und in den Straßen von New York gab es riesige Mengen an Geld. Freie Wohnungen im Apthorp wurden renoviert, Miss Ross suchte protzige Kronleuchter für sie aus, und reiche Menschen zogen ein. Eine der neuen Mieterinnen zahlte tatsächlich vierundzwanzigtausend Dollar Miete im Monat. Vierundzwanzigtausend Dollar im Monat – und man bekam den Portier noch immer nicht dazu, einem mit dem schweren Eisentor zu helfen, und das bestellte chinesische Essen konnte weiter nicht bis zur Wohnung hinaufgebracht werden. Reiche Männer, die mitten in einer Scheidung steckten, zogen ein. Filmstars kamen und gingen.

Der Innenhof, der einst ein idyllischer Ort voller glücklicher, lachender Kinder gewesen war, war nun zugeparkt mit Limousinen, die darauf warteten, die neuen Mieter zu ihren fabelhaften Erfolgsjobs in Midtown chauffieren zu dürfen. Wütende Mieterinnen wedelten mit Petitionen und offiziellen Schriftstücken und verbreiteten Gerüchte über weitere drohende Mieterhöhungen.

Mein Mietvertrag lief wieder aus, und Miss Ross bestellte mich ein, um mir mitzuteilen, dass meine Miete erhöht würde. Die Eigentümer boten mir einen Dreijahresvertrag an: zehntausend Dollar pro Monat im ersten Jahr, elftausend im zweiten und zwölftausend im dritten Jahr. Innerhalb von drei Jahren hatte man meine Miete faktisch um vierhundert Prozent erhöht.

Und von jetzt auf gleich entliebte ich mich. Für zwölftausend Dollar im Monat bekommt man viel Cappuccino. Und soll ich Ihnen was sagen? Ich trinke überhaupt keinen Cappuccino. Das habe ich auch nie. Ich rief eine Immobilienmaklerin an und fing an, mir Wohnungen anzusehen. »Unerwiderte Liebe ist öde«, hatte Lorenz Hart einmal geschrieben. Beim Thema Wohnung hatte ich sehr viel länger für diese Erkenntnis gebraucht als beim Thema Ehe, aber nun war ich endlich so weit, und zwar ein für alle Mal. Da ich mich in einer einseitigen Liebesbeziehung zu dem Gebäude befand, war das Entlieben relativ unkompliziert. Meine Kinder waren groß und konnten nicht dieselben Einwände vorbringen wie in früheren Sondierungsgesprächen zu einem eventuellen Umzug, in denen sie mich angefleht hatten, ihnen nicht das einzige Zuhause zu nehmen, das sie je gehabt hatten. Mein Mann war zu allem bereit. Meine Schwester war längst auf der Suche nach einer neuen Wohnung – meine Schwester, die mit ihrer Äußerung über »Herz und Seele« des Apthorp in der *New York Times* zitiert worden war –, war längst draußen unterwegs, kaltblütig und unsentimental, und drohte damit, nach Downtown zu ziehen. Ich rief meinen Steuerberater an, der mir erklärte (genauso gewissenhaft, wie er mir wenige Jahre zuvor erklärt hatte, dass mieten klüger sei als kaufen), dass kaufen sinnvoller sei als mieten.

Also bereiteten wir den Umzug vor. Wir warfen ganze Teile unseres Lebens weg: die Glücksbärchis, das Metallregal aus dem Vorratsraum im Keller, ganze Kisten voller Kontoauszüge, die Poster aus unserer Jugend, die kaputten Boxen, unseren ersten eigenen Computer, das Snowboard, das Surfbrett, das Schlagzeug, all die Akten voller Aufzeichnungen zu nie umgesetzten Filmprojekten. Kistenweise Kleidung ging an die Wohlfahrt. Kistenweise Bücher gingen an Bibliotheken in Unterkünften für Obdachlose. Wir fühlten uns gereinigt. Wir waren zum Wesentlichen zurückgekehrt. Wir hatten uns all dem stellen müssen, aus dem wir herausgewachsen waren, das wir nicht mehr brauchten, das wir waren. Wir hatten eine Bestandsaufnahme gemacht. Es war, als ob wir gestorben wären, unsere Sachen aber noch hätten ordnen können; es war, als ob wir neugeboren worden wären und nun von Neuem anfangen konnten, Sachen anzuhäufen.

Unsere neue Wohnung war deutlich kleiner als die im Apthorp. Sie befand sich auf der Upper East Side, einer

Gegend, die ich auf gewisse Weise zwanzig Jahre lang als Feind von all dem angesehen hatte, was mir lieb und teuer war. Hier gab es nirgendwo ein kubanisch-chinesisches Restaurant. Dafür funktionierte der Kamin, der Portier öffnete einem die Tür, und das bestellte chinesische Essen wurde einem hinauf bis zur Wohnung gebracht. Nur wenige Stunden nach dem Einzug fühlte ich mich zu Hause. Ich war erstaunt. Ich war verwundert. Vor allem aber war ich beschämt. So beschämt hatte ich mich seit dem Ende meiner zweiten Ehe nicht mehr gefühlt, und viel von dem, was mir damals durch den Kopf ging, ging mir auch jetzt durch den Kopf: Warum war ich nicht schon beim ersten Hauch des fremden Frauenparfüms gegangen? Warum hatte ich nicht gemerkt, dass so viel von dem, was ich für Liebe gehalten hatte, nur meine ganz besondere Gabe war, mir Dinge schönzureden? Welcher Mangel an Phantasie hatte mich vergessen lassen, dass das Leben voller Möglichkeiten steckt, einschließlich der, dass ich mich irgendwann wieder verlieben würde?

Andererseits werde ich von dieser neuen Wohnung nie träumen.

Jedenfalls habe ich das bisher noch nicht.

Und für die Gegend werde ich wohl auch nie schwärmen – obwohl ich sagen muss, dass sie sehr viel reizvoller ist, als ich angenommen hatte. Vor allem stellt sich heraus, dass es hier in der Nähe vieles gibt, was das Apthorp für mich ausgezeichnet hat: einen Zeitungskiosk, der rund um die Uhr geöffnet hat, einen koreanischen Lebensmittelladen, ebenfalls rund um die Uhr geöffnet, und ein 24-Stunden-

Kinko's. Gerade ist Frühling, und wenn ich aus dem Fenster schaue, sehe ich Birnbäume in voller Blüte, und sie sind einfach wunderschön … Ach übrigens, Lebensmittel bekommt man in diesem Teil der Stadt genauso gut wie auf der West Side, man ist viel näher am Flughafen, die Subway ist besser, und ich sage Ihnen noch etwas, das mir an der East Side aufgefallen ist: Es ist sonniger, ganz im Ernst. Ich weiß nicht, warum, aber das Licht auf der East Side ist viel heller als auf der West Side. Außerdem ist es hier im Winter definitiv wärmer, weil man weiter weg ist von den eisigen Windböen des Hudson River. Und ich hab es nicht mehr so weit zu all meinen Ärztinnen, was man in meinem Alter leider bedenken muss. Nur einen Block von hier kann man absolut himmlischen griechischen Joghurt kaufen, und einen Block in die andere Richtung gibt es ein Restaurant, das so gut ist, dass ich dort am liebsten jeden Abend essen möchte.

Liebe ist es jedoch nicht. Es ist nur, wo ich wohne.

Ich und JFK: Jetzt kann ich es ja erzählen

JFK-Praktikantin gesteht alles

Die Praktikantin von John F. Kennedy gestand der *Daily News* gegenüber gestern: »Ich bin die Mimi.«
Marion (Mimi) Fahnestock, inzwischen 60, sagte, ihr sei eine Last von den Schultern genommen, die Affäre mit dem feschen jungen Mann endlich offengelegt zu haben. »Das eigentliche Geschenk daran ist, dass mir dieses Geständnis nun erlaubt, meinen beiden verheirateten Töchtern ein Geheimnis zu beichten, das ich seit 41 Jahren mit mir herumtrage«, sagte sie. »Es ist eine große Erleichterung. Und mehr werde ich zu diesem Thema nicht sagen. Ich bitte die Medien, meine Privatsphäre und die meiner Familie zu respektieren.«

Ich war Praktikantin bei JFK im Weißen Haus. Das war ich. Dies ist nicht einer dieser ironischen Texte, in denen die Autorin sich auf ein aktuell in den Nachrichten präsentes Ereignis bezieht, um sich auf witzige Weise zum Thema zu äußern. Es war 1961, und Pierre Salinger gab mir eine Stelle im Pressebüro des Weißen Hauses, genau dort, wo ein Jahr später auch Mimi Fahnestock arbeiten sollte. Und nun, da Mimi Fahnestock sich gezwungen sah, an die Öffentlichkeit zu treten und zuzugeben, dass sie eine Affäre mit JFK hatte, kann ich meine Geschichte ja ebenfalls erzählen.

In sämtlichen Artikeln über die arme Mimi wurde eine andere Frau aus dem Pressebüro zitiert: Barbara Gamarekian, die Mimi in den Oral-History-Archiven der Kennedy-Library ausgemacht hatte. Gamarekian betonte laut Zeitungsberichten sehr gehässig, dass Mimi »nicht tippen« konnte. Tja, dazu kann ich nur sagen: Ha. Genau genommen: Doppel-Ha. Als ich dort gearbeitet habe, gab es insgesamt sechs Frauen im Büro von Pierre Salinger. Eine davon hieß Faddle (ihre beste Freundin Fiddle arbeitete für Kennedy), und soweit ich das beurteilen kann, bestand ihr ganzer Job darin, die Autogrammfotos von Pierre Salinger zu unterschreiben. Schreibmaschineschreiben brauchte offenbar niemand zu können, und es war mit Sicherheit keine Voraussetzung für Praktikantinnen wie mich (und Mimi, wenn ich das sagen darf), WEIL ES FÜR PRAKTIKANTINNEN KEINEN SCHREIBTISCH ZUM HINSETZEN UND SOMIT AUCH KEINE SCHREIBMASCHINE ZUM TIPPEN GAB.

Ja, ich bin noch immer sauer deswegen! Denn da war ich: nicht nur die einzige junge Frau im Weißen Haus, die sich keine riesige Kollektion armfreier A-Linien-Kleider aus Leinen wie die von Jackie leisten konnte, sondern auch noch die einzige Person im Pressebüro, die sich nirgendwo hinsetzen konnte. Und dabei konnte ich damals wie heute einhundert Wörter pro Minute tippen. An jedem Achtstundentag dort wurden im Grunde achtundvierzigtausend Wörter nicht getippt, weil ICH KEINEN SCHREIBTISCH HATTE.

Außerdem trug ich eine wirklich grauenhafte Dauerwelle. Das ist ein wichtiges Detail für die spätere Geschichte, wenn sich die Dinge zuspitzen.

Den Präsidenten lernte ich wenige Minuten nach meinem »Arbeitsantritt« kennen. An meinem ersten Tag im Weißen Haus flog er gleich morgens nach Annapolis, um dort vor Universitätsabsolventen eine Rede zu halten, und Salinger lud mich ein, im Pressehelikopter des Presseteams mitzufliegen. Bei der Rückkehr ins Weiße Haus stellte Pierre mich Kennedy vor. Er war der attraktivste Mann, der mir je begegnet war. Ich erinnere mich nicht mehr an die Details unseres Gesprächs, aber vielleicht kann man sie in den Memoiren von Salinger in der Kennedy-Bibliothek nachlesen. Irgendwann werde ich mal nachschauen. Ich erinnere mich aber sehr wohl, dass die Begegnung kurz war, zehn oder fünfzehn Sekunden lang vielleicht. Danach ging ich zurück ins Pressebüro und entdeckte, was Sie, liebe Leserinnen, bereits wissen: dass es dort keinerlei Sitzgelegenheit für mich gab.

Und so drückte ich mich während meines Sommerpraktikums auf dem Gang neben dem Aktenschrank herum. Die meisten Akten in diesem Schrank habe ich gelesen, auch ein paar interessante Notizen, die mit »streng geheim« und »streng vertraulich« beschriftet waren. Direkt neben dem Aktenschrank war die Herrentoilette, und eines Tages schloss sich der Sprecher des Repräsentantenhauses, Sam Rayburn, aus Versehen dort ein. Wäre ich nicht in der Nähe gewesen, säße er vielleicht noch heute dort fest.

Von Zeit zu Zeit schlich ich ins Oval Office und sah zu, wie sich der Präsident mit verschiedenen ausländischen Staatsleuten fotografieren ließ. Manchmal hat er bestimmt gemerkt, dass ich ihm zusah.

Was mich auf die entscheidende Begegnung mit JFK zu sprechen bringt, nach der mich niemand in der Kennedy-Bibliothek gefragt hat: Es war ein Freitagnachmittag, und da ich mich nirgendwo hinsetzen konnte (siehe oben) und nichts zu tun hatte (dito), beschloss ich, nach draußen zu gehen und zuzusehen, wie der Präsident mit dem Helikopter zu einem Wochenende in Hyannis Port aufbrach. Es war ein wunderschöner Tag, und ich stand im Säulengang vor dem Oval Office mit Blick auf den Rosengarten. Der Helikopter landete. Der Lärm war ohrenbetäubend. Der Wind von den Rotorblättern war heftig (aber meine Dauerwelle sorgte dafür, dass meine Haare wie festgeklebt am Kopf hafteten). Und dann, auf einmal, kam der Präsident direkt aus seinem Büro, statt aus dem Wohnbereich, und ging an mir vorbei zum Helikopter. Er drehte sich um. Er sah mich. Er erkannte mich. Der Lärm war ohrenbetäubend, aber er sprach mit mir. Ich verstand kein Wort, aber ich konnte seine Lippen lesen, und ich bin ziemlich sicher, dass er sagte:

»Wie kommen Sie zurecht?« Aber so ganz sicher war ich mir doch nicht. Darum antwortete ich nach bestem Wissen und Gewissen mit: »Was?«

Und das war's. Er drehte sich um und ging zum Helikopter, und ich ging zurück und stand im Weißen Haus herum, bis der Sommer vorbei war. Ich habe ihn nie wieder gesehen.

Da ich nun die Artikel über Mimi Fahnestock gelesen habe, ist mir erschreckend klargeworden, dass ich wahrscheinlich die einzige junge Frau bin, die je bei Kennedy im Weißen Haus gearbeitet und die der Präsident kein einziges Mal angegraben hat. Vielleicht lag es an meiner Dauerwelle, die leider ein furchtbarer Fehler war. Vielleicht lag es an meiner Garderobe, die größtenteils aus bunten Dynel-Kleidern bestand, die aussahen wie destillierter Velveeta-Käse. Vielleicht lag es daran, dass ich Jüdin bin. Lachen Sie nicht; überlegen Sie mal. Stand auf der langen, langen Liste von Frauen, mit denen JFK geschlafen hat, irgendeine Jüdin? Ich glaube nicht.

Andererseits ist vielleicht auch einfach deshalb nichts zwischen uns gelaufen, weil JFK irgendwie gespürt hat, dass Diskretion nicht zu meinen Stärken gehört. Ich meine, ich kann Ihnen versichern, wenn zwischen ihm und mir irgendetwas gelaufen wäre, hätten Sie nicht so lange warten müssen, um davon zu erfahren.

Jedenfalls ist das meine Geschichte. Ich kann damit genauso gut an die Öffentlichkeit gehen, auch wenn ich sie in den letzten zweiundvierzig Jahren im Grunde schon allen erzählt habe, die ich kenne. Und genau wie Mimi Fahnestock werde ich von nun an kein Wort mehr über die Sache verlieren. Ich fordere die Medien auf, meine Privatsphäre und die meiner Familie zu respektieren.

Bill und ich: Das Ende einer Liebe

Ich habe die Beziehung zu Bill vor langer Zeit beendet. Sich an Liebe zu erinnern ist immer schwer, die Jahre vergehen, und man fragt sich: War das wirklich Liebe, oder habe ich mir nur etwas vorgemacht? War das wirklich Liebe, oder habe ich mir nur eingeredet, er sei der Mann meiner Träume? War das wirklich Liebe, oder war ich nur verzweifelt? Aber was Bill betrifft, bin ich mir absolut sicher: Ich habe diesen Mann geliebt.

Bill hingegen, da will ich ehrlich sein: Der hat mich nicht geliebt. Um genau zu sein, hat er nicht ein einziges Mal an mich gedacht. Niemals. Aber zu Beginn hielt mich das nicht auf. Ich liebte ihn, ich glaubte an ihn, und mir kam nicht einmal in den Sinn, dass er ein Lügner sein könnte. Natürlich wusste ich, dass er über das Techtelmechtel mit Gennifer gelogen hatte, aber damals glaubte ich, dass Lügen dieser Art nicht zählen. Wie dumm war das bitte?

Jedenfalls entliebte ich mich recht früh, und zwar wegen der Schwulen beim Militär. Das war 1993, nach seinem Amtsantritt, und in dem Moment wurde mein Herz zu Stein. Die Leute verwenden diesen Ausdruck im übertragenen

Sinne, aber falls das Herz auch im nicht übertragenen Sinne zu Stein werden kann, war mein Herz gegenüber Bill unübertragen steinhart. Ich hatte ihm vertraut. Ich war überzeugt gewesen, dass er keinen Rückzieher machen würde. Aber dann tat er genau das, er machte einen Rückzieher. Er war genauso wie die anderen. Das war's dann also. Goodbye, großer Mann. Ich bin weg. Denk gar nicht daran, mich anzurufen. Und übrigens, falls dein Telefon klingelt und deine Frau rangeht und die Anruferin auflegt, denk bloß nicht, dass ich das war, war ich nämlich nicht.

Als Bill was mit Monica anfing, hätte man denken sollen, ich wäre längst über ihn hinweg gewesen. Man hätte denken sollen, ich hätte mit den Schultern gezuckt und gesagt: Hab ich's nicht gesagt, dem Kerl kann man nicht über den Weg trauen. Aber zu meiner eigenen Überraschung brach mir Bill erneut das Herz. Ich konnte nicht glauben, wie verraten ich mich fühlte. Er hatte alles gehabt, und er hatte es weggeworfen. Und das ist das Ding: Es war gar nicht seins, was er da weggeworfen hat. Es gehörte uns. Wir hatten es ihm gegeben, und er hatte es verspielt.

Die Jahre vergingen. Ich saß mit Freundinnen beim Abendessen, und wir fragten uns: *Wie sind wir hier hingeraten?* und *Wer hatte Schuld?* War es Naders Schuld? Oder die von Gore? Oder die von Scalia? Sogar Monica kam auf die Liste, denn schließlich hatte sie die Pizza geholt, und die Pizza war definitiv das Ende vom Anfang gewesen. Die meisten meiner Freundinnen konnten sich nicht auf einen Schuldigen einigen, ich aber schon. Nur einer kam infrage: Und das war Bill. Ich zog eine saubere Linie von der Pizza zum Krieg. Ich sah es so, dass, wenn Bill sich benommen hätte, Al gewählt worden wäre, und Tausende von Menschen wären heute noch am Leben, die stattdessen tot sind.

Ich komme nur deshalb auf dieses Thema, weil ich Bill neulich zufällig getroffen habe. Ich habe mir am Sonntag eine Nachrichtensendung angesehen, und da war er plötzlich. Ich muss zugeben, dass er gut aussah. Und er äußerte sich kurz und prägnant, nichts von diesem Blabla-Mist, der mich früher so auf die Palme gebracht hat. Er hatte eine ganze Reihe von Leuten zu einer Konferenz in New York eingeladen, und sie hatten die ganze Woche damit zugebracht, über die globale Erwärmung zu sprechen und über Armut und alle möglichen finsteren Szenarien, von denen er etwas versteht.

Es war fesselnd, als Bill über die Konferenz sprach. Man sah, wie wichtig es ihm war; und natürlich sah ich, wie klug er war. Es war so erfrischend. Es war geradezu bewegend. Zu meinem Erstaunen wusste ich plötzlich, warum ich diesen Kerl mal geliebt hatte. Es machte mich unfassbar traurig. Es ist viel leichter, über jemanden hinwegzukommen, wenn man sich einreden kann, dass man ihn sowieso nie richtig geliebt hat.

Dann, später die Woche, las ich über Bills Konferenz und stieß auf etwas, das mich einen kurzen Augenblick lang auf den Gedanken brachte, dass Bill mich vielleicht sogar gern zurückhätte. »Ich bin jetzt in einem Alter, wo es nicht mehr wichtig ist, was mit mir passiert«, sagte er. »Ich will nur nicht mehr, dass jemand vor seiner Zeit stirbt.« Das hat mich fast umgehauen. Aber dann kam ich wieder zur Besinnung. Und stattdessen hätte ich am liebsten zum Hörer gegriffen und ihn angerufen und gesagt: Wenn du das wirklich glaubst, du Heuchler, warum stehst du dann nicht auf und zeigst klare Kante gegen den Krieg?

Aber ich rufe ihn nicht an. Ich habe ihn seit Jahren nicht angerufen, und ich fange jetzt nicht damit an.

Wo ich lebe

1. Ich lebe in New York City. Ich könnte nie irgendwo sonst leben. Die Ereignisse des 11. September haben mich dazu gezwungen, mich mit der Tatsache auseinanderzusetzen, dass, ganz gleich was kommen mag, ich hier lebe und immer hier leben werde. Unter anderem liebe ich an New York, dass man zum Telefon greifen und jede beliebige Sache bestellen kann und es einem irgendwer liefert. Einmal habe ich ein Jahr lang in einer anderen Stadt gelebt und fast jede wache Stunde damit verbracht, in Läden zu gehen, Sachen zu kaufen, sie ins Auto zu laden, nach Hause zu bringen, dort wieder auszuladen und ins Haus zu tragen. Wie die Leute an solchen Orten irgendwas zustande bringen, ist mir ein absolutes Rätsel.

2. Ich lebe in einer Wohnung. Ich könnte nie irgendwo anders als in einer Wohnung leben. Ich liebe Wohnungen, weil ich immer alles verlege. Wohnungen befinden sich auf einer Ebene, darum ist es viel leichter, verlegte Sachen wie Brille, Handschuhe, Portemonnaie, Lippenstift, Buch, Zeitschrift, Handy und Kreditkarte wiederzufinden. Neulich habe ich doch tatsächlich ein Stück Käse in meiner Wohnung ver-

legt. In einem Apartmentkomplex gibt es auch Portiers, was praktisch ist, wenn man sich Sachen liefern lässt, was ich oft tue, manchmal als Ersatz für die Dinge, die ich nicht wiederfinden kann.

3. Ich wohne in meiner Nachbarschaft. Meine Nachbarschaft besteht aus einer Reinigung, einer Subway-Station, einer Apotheke, einem Supermarkt, einem Geldautomaten, einem Deli, einem Schönheitssalon, einem Nagelstudio, einem Zeitungskiosk und einem Restaurant, in dem ich zu Mittag esse. Das alles ist höchstens zwei Blöcke von meiner Wohnung entfernt. Und was ich noch an New York liebe: Alles ist direkt um die Ecke zu haben. Wenn man vergessen hat, Petersilie zu kaufen, hat man sich in wenigen Minuten welche besorgt. Das ist gut, denn ich vergesse oft, Petersilie zu kaufen.

4. Ich lebe an meinem Schreibtisch. Er ist zwei Meter fünfzehn lang und einundsiebzig Zentimeter hoch, die handelsübliche Höhe, um computerbedingten Erkrankungen wie dem Karpaltunnel-Syndrom vorzubeugen. Mein Schreibtisch ist weiß lackiert. Mein Computer ist ein Power Mac G4, und ich verbringe den Großteil des Tages und die Hälfte der Nacht davor. Erst gestern habe ich beim Surfen im Netz entdeckt, dass es für das, was ich bin, eine Bezeichnung gibt: eine Mouse-Potatoe. Es ist eine Bezeichnung für Menschen, die im selben Maß mit ihrem Computer verbunden sind wie Couch-Potatoes mit ihrem Fernsehsofa. Das Beste an meinem Schreibtisch ist die riesige Schublade unten links,

in die ein Papierkorb eingebaut ist. Wahrscheinlich habe ich das Konzept, einen Papierkorb in den Schreibtisch einzubauen, nicht erfunden, aber es könnte von mir stammen, und egal, von wem es nun stammt, es fühlt sich an wie ein Durchbruch. Nirgendwo sticht einem ein hässlicher Papierkorb ins Auge, der nur Platz wegnimmt und voll ist mit zerknülltem Papier und alten Teebeuteln. Ich kann es nur empfehlen, sich einen Papierkorb in den Schreibtisch einbauen zu lassen, und hege die Hoffnung, dass das Ganze allein dadurch, dass ich darüber schreibe, zu einer großen Sache wird, für die man sich später an mich erinnern wird. Mein Schreibtisch ist eine Katastrophe. Vieles, was ich nicht finden kann, liegt dort irgendwo begraben, obwohl auch einiges davon in meinem Papierkorb liegt, in den ich es aus Versehen hineingeworfen habe.

5. Und natürlich lebe ich in der Küche. Manchmal gehe ich dorthin, um zu essen, manchmal gehe ich dorthin, um herauszufinden, was ich essen werde, und manchmal gehe ich dorthin, um mich ein bisschen zu bewegen. Ich übertreibe nicht, wenn ich sage, dass ich ungefähr hundertmal am Tag in die Küche gehe: Ich glaube, ich gehe auch jetzt dorthin, um den Apfel zu Ende zu essen, den ich vor genau einer Minute angefangen habe. Ich hoffe, er ist noch da.

Die Geschichte meines Lebens in 3500 Wörtern oder weniger

Wenn ich nur wieder zurück nach New York kann, ist alles gut

Ich bin fünf Jahre alt. Wir sind gerade von New York nach Los Angeles gezogen, und ich stehe draußen auf dem Spielplatz meiner neuen Schule am Doheny Drive in Beverly Hills. Das Sonnenlicht schimmert durch die Bäume, und ich bin von fröhlich lachenden, blonden Kindern umgeben. Mein einziger Gedanke ist: Was mache ich hier?

...

Was meine Mutter sagte

Im Lauf meiner Kindheit sagt meine Mutter mindestens fünfhundertmal: »In allem steckt eine Story.«

Außerdem sagt sie: »Kauf dir niemals einen roten Mantel.«

Was mein Lehrer sagte

Mein Journalismuslehrer auf der Highschool, der Mr. Charles O. Simms heißt, bringt uns bei, wie man den Teaser schreibt, den ersten Satz oder Absatz eines Zeitungsartikels. Er schreibt die Wörter »Wer Was Wo Wann Warum und Wie« an die Tafel. Dann diktiert er uns verschiedene Angaben, die in etwa so lauten: »Kenneth L. Peters, Direktor der Beverly Hills High School, verkündete heute, dass das Kollegium der Highschool am Donnerstag zu einer Tagung über neue Unterrichtsmethoden nach Sacramento reist. Dort sprechen die Anthropologin Margaret Mead und der Präsident der Universität von Chicago, Robert Maynard Hutchins.« Wir alle sitzen an unseren Schreibmaschinen und verfassen einen Teaser, wobei die meisten von uns die Angaben einfach nur neu anordnen, sodass er sich in etwa liest wie folgt: »Die Anthropologin Margaret Mead und der Präsident der Universität von Chicago, Robert Maynard Hutchins, werden am Donnerstag in Sacramento bei einer Tagung über neue Unterrichtsmethoden Vorträge vor dem Kollegium halten, wie der Direktor der Highschool, Kenneth L. Peters, heute bekannt gab.« Wir geben unsere Teaser ab. Wir sind sehr stolz. Mr. Simms sieht sich an, was wir fabriziert haben, und wirft dann alles in den Müll. Er sagt: »Der Teaser des Artikels lautet ›Am Donnerstag fällt die Schule aus‹.« In der Sprechblase über meinem Kopf leuchtet eine Glühbirne auf. In dem Moment beschließe ich, dass ich Journalistin werde. Ein paar Monate darauf nehme ich an einem Essaywettbewerb der Stadt teil, bei dem ich in fünfzig Wörtern oder weniger schreiben soll, warum ich Journalistin werden möchte. Ich gewinne den ersten Preis: zwei Karten für die Weltpremiere eines Films mit Doris Day.

Ich schwöre bei Gott: Janice Glabman wird nie wieder über mich lachen

Ich gehe aufs College. Ich wiege fünfzig Kilo. Drei Monate später komme ich vom College nach Hause. Ich wiege sechzig Kilo. Einst war ich dünn und unförmig. Nun bin ich fett und ironischerweise immer noch unförmig. Nichts passt mehr, außer meinem karierten Pendleton-Faltenrock aus Wolle, in dem ich noch fetter aussehe. Eine Tragödie. Als ich aus dem Flugzeug steige, wirft mein Vater einen kurzen Blick auf mich und sagt zu meiner Mutter: »Nun ja, vielleicht heiratet sie ja jemand wegen ihres Charakters.«

Ich gehe zurück aufs College. Ich bleibe fett. In der Cafeteria im Wohnheim gibt es einen Automaten, den alle »die Kuh« nennen, und wenn man auf einen Knopf drückt, kommt die kälteste, köstlichste Milch heraus, die man je getrunken hat. Es gibt auch Zimtschnecken und andere süße Teilchen, außerdem Popovers und Scones. Noch nie stand ich solchen Wundern gegenüber. Ich könnte mich hineinlegen. Ich hole mir noch eins und noch eins. Überall ist Butter, wo man auch hinsieht, und natürlich diese kalte, köstliche Milch. Und ich rede hier nicht von fettarmer Milch. Das war vor so langer Zeit, dass niemand überhaupt von fettarmer Milch wusste.

Na ja, jedenfalls ziehen die Monate ins Land. Ich komme

über den Sommer nach Hause. Ich bin so fett wie eh und je. Nichts von meinen Sachen passt mir. Das sagte ich schon, und es trifft noch immer zu. Und weil Sommer ist, kann ich auch den karierten Pendleton-Faltenrock aus Wolle nicht tragen. Darum gehe ich hinüber zu meiner Freundin Janice Glabman, um mir ein paar Sachen von ihr zu leihen. Janice war schon immer übergewichtig. Ich probiere eine Hose von ihr an. Sie ist zu klein. Sie ist viel zu klein. Ich bekomme den Reißverschluss gar nicht zu. Janice lacht über mich. Ihre genauen Worte lauten: »Ha ha ha ha ha!« Am Tag darauf beginne ich mit einer Diät. Nach sechs Monaten wiege ich wieder fünfzig Kilo. Seitdem bin ich auf Diät.

Janice habe ich seit über vierzig Jahren nicht gesehen, aber ich bin bereit, falls ich sie sehen sollte: Ich bin schlank. Obwohl ich inzwischen sechzig Kilo wiege, genauso viel wie damals, als ich als Specki aus dem College nach Hause kam. Erklären kann ich es nicht.

Stanley J. Fleck werde ich nicht heiraten

Ich arbeite über den Sommer als Praktikantin im Weißen Haus unter Kennedy, und ich bin mit einem jungen Anwalt namens Stanley J. Fleck verlobt. Alle, die ich kenne, sind verlobt. Mein Verlobter besucht mich in Washington, und ich führe ihn durchs Weiße Haus, da ich einen Pass habe, um dort frei umherzustreifen. Ich zeige ihm das Rote Zimmer. Ich zeige ihm das Blaue Zimmer. Ich zeige ihm das umwerfend schöne Porträt von Grace Coolidge. Ich zeige ihm den Rosengarten. Am Ende meiner Führung sagt er:

»Die Frau, die ich mal heirate, wird auf gar keinen Fall an einem solchen Ort arbeiten.«

...

Sonntag im Park

Ich sitze in einem Ruderboot auf dem See im Central Park. Leider bin ich nicht die Person am Ruder. Ich bin noch immer auf dem College, aber bald bin ich fertig und werde wieder hier wohnen, in New York. Ich schaue hinauf zu den Gebäuden rings um den Park, und mir schießt durch den Kopf, dass ich außer dem Mann, der das Boot rudert, niemanden in New York kenne. Und den Mann im Boot kenne ich auch kaum. Ich frage mich, ob ich irgendwann wie eine dieser Personen ende, von denen man in der Zeitung liest, die in New York leben und nie jemanden treffen und schließlich sterben, ohne dass es jemand merkt, bis Tage später der Gestank hinaus auf den Flur wabert. Ich verspreche mir, dass ich eines Tages jemanden in New York kennen werde.

Ich werde für immer Zeitungsreporterin sein

Es ist 1963. Während eines lang anhaltenden Zeitungsstreiks habe ich eine Parodie auf die *New York Post* geschrieben. In der Redaktion der *Post* ist man verärgert über die Parodie, aber die Verlegerin der *Post* findet sie witzig. »Wenn sie die *Post* parodieren kann, kann sie auch für uns schreiben«, sagt sie. »Stellt sie ein.« Als der Streik vorbei ist, bekomme ich eine einwöchige Probezeit bei der *Post.* Das Zimmer der Lokalredaktion ist staubig, stinkend und stockfinster. Die Schreibtische sind schrottreif und fallen beinah auseinander. Es gibt nicht genug Telefone. Die für die Lokalnachrichten zuständige Redakteurin schickt mich ins Coney-Island-Aquarium, um über zwei Klappmützenrobben zu berichten, die sich paaren sollen, aber bislang nichts miteinander zu tun haben wollen. Ich schreibe einen Artikel. Ich finde ihn witzig. Ich gebe ihn ab. Ich höre Gelächter von den Schreibtischen der anderen. Die anderen finden ihn auch witzig. Ich bekomme eine Festanstellung. So glücklich war ich noch nie. Ich bin zweiundzwanzig, und ich habe mein Lebensziel erreicht.

Vielleicht bleibe ich doch nicht für immer Zeitungsreporterin

Eines Abends gehe ich mit einem meiner Kollegen und dem Redaktionsleiter in eine Bar in der Nähe der *Post.* Es hat geregnet. Nach einer ganzen Reihe von Drinks lädt uns der Redaktionsleiter in sein Haus in Brooklyn Heights ein. Als wir dort ankommen, bittet er mich, auf dem Absatz vor dem Haus stehen zu bleiben. Über einem der Fenster ist eine Markise. Als ich mich wie gebeten auf den Absatz stelle, fährt er die Markise ein, und ungefähr hundert Liter Wasser prasseln auf mich herab. Er findet das wahnsinnig komisch.

Mein Leben verändert sich

Für eine Zeitung schreibe ich einen Artikel darüber, wie es ist, kleine Brüste zu haben. Ich bin jetzt eine Autorin.

Was meine Mutter sagte (2)

Mittlerweile glaube ich, dass meine Mutter mit ihrem Ausspruch »In allem steckt eine Story« Folgendes meinte: Wenn man auf einer Bananenschale ausrutscht, lachen die Leute über einen; aber wenn man den Leuten erzählt, dass man auf einer Bananenschale ausgerutscht ist, lacht man selbst. So wird man nicht zum Opfer, sondern zur Heldin des Witzes.

Ich glaube, genau das hat sie gemeint.

Andererseits hat sie vielleicht nur gemeint: »In allem steckt eine Story.«

Als sie im Krankenhaus war und starb, sagte sie zu mir: »Du bist eine Reporterin, Nora. Mach dir Notizen.« Mir scheint, das ist nicht ganz dasselbe wie »In allem steckt eine Story«.

Meine Mutter starb an einer Leberzirrhose, aber der unmittelbare Grund für ihren Tod war eine Überdosis Schlaftabletten, verabreicht von meinem Vater. Zu der Zeit schien mir das nicht unter die Rubrik »In allem steckt eine Story« zu fallen. Aber meiner Schwester Amy schon. Sie hat es in einen Roman eingebaut. Wer kann es ihr verübeln?

Wie sie starb: meine Version

Meine Mutter liegt im Krankenhaus. Mein Vater ruft mich jeden Tag an und sagt: »Das war's, sie ziehen den Stecker.« Aber es gibt keinen Stecker. Meine Mutter kommt nach Hause. Es vergehen mehrere Tage. Eines Tages sagt mein Vater: Ich gebe der Krankenschwester heute Nacht frei.« Spätnachts ruft er mich an, um mir zu sagen, dass meine Mutter gestorben sei. Das Bestattungsunternehmen sei bereits dagewesen und habe sie mitgenommen. Ich fahre zu ihrer Wohnung. Es ist vier Uhr morgens. Ich setze mich eine Weile zu meinem Vater, und dann beschließen wir beide, wenigstens ein bisschen zu schlafen. Mein Vater greift in die Tasche seines Bademantels und holt ein Fläschchen mit Schlaftabletten heraus. »Die hat mir der Arzt verschrieben, falls ich Schlafprobleme haben sollte«, sagt er. »Schmeiß sie ins Klo.« Ich gehe ins Bad und schmeiße sie ins Klo. Als meine Schwester am nächsten Morgen eintrifft, erzähle ich ihr von den Tabletten. Meine Schwester Amy sagt: »Hast du die Tabletten gezählt?«

»Nein«, sage ich.

»Du Dummerchen«, sagt sie.

Ich war sechs Jahre mit ihm verheiratet

Mein erster Ehemann ist ein absolut netter Mensch, obwohl er krankhaft an seinen Katzen hängt. Wir schreiben das Jahr 1972, die Frauenbewegung ist auf ihrem Höhepunkt, und alle lassen sich scheiden, selbst Leute, deren Ehemann nicht krankhaft an seinen Katzen hängt. Mein Mann plant eine Fotosafari durch Afrika für uns, und ich sage zu ihm: »Ich kann diese Reise nicht machen.«

»Warum nicht?«, sagt er.

»Weil sie sehr teuer ist und wir uns wahrscheinlich trennen werden und ich mich dann schrecklich schuldig fühlen würde, dass du all dieses Geld ausgegeben hast, um mit mir nach Afrika zu fahren.«

»Sei nicht albern«, sagt mein Mann. »Ich liebe dich, und du liebst mich, und wir lassen uns nicht scheiden, und selbst wenn, bist du der einzige Mensch, mit dem ich nach Afrika reisen möchte. Wir fahren.«

Also fahren wir nach Afrika. Es ist eine wunderbare Reise. Als wir zurückkommen, sage ich zu meinem Mann, dass ich die Scheidung will. »Aber ich bin doch mit dir nach Afrika gefahren!«, sagt er.

Solche Sachen kann man sich nicht ausdenken

Ich arbeite an einem Zeitschriftenartikel über eine Frau, die man als Präsidentin des Bennington College gefeuert hat. In der *New York Times* stand ein Artikel über sie, in dem es hieß, sie sei gefeuert worden – zusammen mit ihrem Mann, dem Vizepräsidenten von Bennington – wegen ihres standhaften Engagements gegen ausufernde Festanstellungen. Ich vermute, ihre Kündigung hat nichts mit standhaftem Engagement gegen ausufernde Festanstellungen zu tun, auch wenn ich keine Ahnung habe, was der wahre Grund sein könnte. Also fahre ich nach Bennington und finde heraus, dass sie deshalb gefeuert wurde, weil sie eine Affäre mit einem Professor am Bennington hatte, dass die beiden zusammen ein Seminar über Hawthorne gegeben und im Seminar beide aufeinander abgestimmte T-Shirts mit einem scharlachroten »A« darauf getragen hatten. Außerdem erfahre ich, dass die Belegschaft sie von Anfang an gehasst hat, weil es bei ihrer Einstandsparty lauwarme Lasagne und noch halb gefrorenen Sara-Lee-Bananenkuchen gegeben hatte. Über diese Seite des Journalismus komme ich einfach nicht hinweg. Ich kann nicht fassen, dass das echte Leben einen nie im Stich lässt. Ich verstehe nicht, warum die Leute Geschichten erfinden, wenn in der Realität so viel Erstaunliches passiert.

In allem steckt eine Story

Ich bin im siebten Monat schwanger mit meinem zweiten Kind, und ich habe soeben herausgefunden, dass mein zweiter Mann eine andere liebt. Auch sie ist verheiratet. Ihr Mann ruft mich an. Er ist der britische Botschafter in den Vereinigten Staaten. Nein, kein Witz. Zufällig ist er ein Mensch, der so ziemlich alles in globalen Zusammenhängen sieht. Er schlägt ein Mittagessen vor. Wir treffen uns vor einem chinesischen Restaurant auf der Connecticut Avenue und fallen uns schluchzend in die Arme. »Oh, Peter«, sage ich zu ihm, »ist das nicht schrecklich?«

»Es ist schrecklich«, sagt er. »Was ist nur los mit diesem Land?«

Ich weine hysterisch, aber ich denke bei mir, eines Tages gibt das eine witzige Geschichte ab.

Zwei Jahre und acht Monate war ich mit ihm verheiratet

Ich fliege nach New York, um meine Therapeutin zu sprechen. Ich betrete ihre Praxis und breche in Tränen aus. Ich erzähle ihr, was mein Mann mir angetan hat. Ich erzähle ihr, mein Herz sei gebrochen. Ich erzähle ihr, ich sei ein totales Wrack und würde nie wieder dieselbe sein. Ich kann nicht aufhören zu weinen. Sie schaut mich an und sagt: »Eines müssen Sie begreifen: Schlussendlich hätten Sie ihn verlassen.«

Andererseits: Vielleicht kann man sich solche Sachen doch ausdenken

Ich schreibe also an einem Roman. Aus den Katzen meines ersten Mannes mache ich Hamster, aus dem britischen Botschafter mache ich einen Unterstaatssekretär, und meinen zweiten Mann statte ich mit einer Alibifreundin aus.

Das Traurigste an einer Scheidung

Meine Schwester Delia sagt das, und es stimmt. Als wir klein waren, hörten wir wahnsinnig gern die Geschichte, wie unsere Eltern sich kennengelernt und ineinander verliebt hatten und dann eines Sommers zusammen durchgebrannt waren, als sie beide in einem Feriencamp arbeiteten. Die Geschichte war ein so fester Bestandteil unseres Lebens, ein immer und immer wieder gesungenes Lied, und, ganz gleich was geschah, ganz gleich wie schlimm es zwischen den beiden wurde, wir wussten immer, dass unsere Eltern sich einmal abgöttisch geliebt hatten.

Aber bei einer Scheidung erzählt man seinen Kindern nie, dass man ihren Vater einmal abgöttisch geliebt hat, weil es zu verwirrend wäre.

Und dann, nach einer gewissen Zeit, kann man sich selbst nicht mehr daran erinnern, ob man das überhaupt irgendwann einmal getan hat.

Ein Mann und eine Frau leben in einem Haus auf einer einsamen Halbinsel

Alice Arlen und ich hatten ein Drehbuch für den Film *Silkwood* geschrieben. Er basiert auf der wahren Geschichte von Karen Silkwood, die in einer Plutonium-Aufbereitungsanlage in Oklahoma arbeitete. Sie starb bei einem mysteriösen Autounfall, als sie gerade unterwegs war, um sich mit einem Reporter der *New York Times* zu treffen und über die Arbeitsbedingungen in der Fabrik zu sprechen. Mike Nichols wird Regie führen. Er hatte eigentlich Regie bei einem Musical am Broadway führen sollen, aber daraus wurde nichts, weil er von einer engen Freundin betrogen wurde, die an der Aufführung beteiligt war. Für den Zweck dieser Geschichte nennen wir jene enge Freundin einfach Jane Doe.

Alle zusammen fangen wir also an, an einer nächsten Fassung für das Drehbuch zu schreiben, und Mike schlägt immer wieder Szenen vor, in denen Karen Silkwood von einer engen Freundin betrogen wird. Er hat tausend Ideen in diese Richtung, aber keine davon hat irgendeine Ähnlichkeit mit dem, was Karen Silkwood tatsächlich passiert ist, aber alle haben Ähnlichkeit mit dem, was zwischen Mike und seiner Freundin Jane passiert ist. Schließlich sage ich: »Mike, nicht Jane Doe hat Karen Silkwood umgebracht.«

»Ja«, sagt Mike, »ich verstehe, was du mir sagen willst. Es ist die Halbinsel-Geschichte.«

Und er erzählt uns die Halbinsel-Geschichte:

Ein Mann und eine Frau leben in einem Haus auf einer einsamen Halbinsel. Die Mutter des Mannes zieht bei ihnen ein, und der Mann geht auf Geschäftsreise. Die Frau nimmt die Fähre zum Festland und trifft sich mit ihrem Geliebten. Sie lieben sich. Als sie fertig sind, merkt sie, dass es schon spät ist. Sie steht auf, zieht sich an und beeilt sich, um die letzte Fähre nach Hause zu kriegen. Doch sie verpasst sie. Sie fleht den Kapitän der Fähre an. Er sagt, er bringe sie zur Halbinsel, wenn sie ihm den sechsfachen Preis bezahle. Aber sie hat das Geld nicht. Sie ist also gezwungen, zu Fuß nach Hause zu gehen. Auf dem Weg wird sie von einem Fremden vergewaltigt und ermordet.

Und die Frage lautet: Wer ist für ihren Tod verantwortlich und in welcher Reihenfolge – die Frau selbst, der Mann, die Mutter, der Kapitän der Fähre, der Geliebte oder der Vergewaltiger?

»Die Frage ist ein Rorschachtest«, sagt Mike, »und wenn man verschiedenen Menschen diese Frage stellt, antwortet jeder anders.«

Noch so ein Glühbirnen-Moment.

Dieser markiert das Ende meiner Liebesbeziehung zum Journalismus und den Anfang eines Verständnisses dafür, dass so ziemlich in allem eine Story steckt.

Oder wie E. L. Doctorow einmal sehr viel prägnanter schrieb

»Ich komme zu der These, dass es Fiction oder Non-Fiction, wie wir sie gemeinhin verstehen, nicht gibt; es gibt nur Geschichten.«

Aus meinem Drehbuch zu Harry und Sally

HARRY

Erzähl mir deine Lebensgeschichte.

SALLY

Meine Lebensgeschichte?

HARRY

Wir müssen achtzehn Stunden totschlagen bis New York.

SALLY

Meine Lebensgeschichte reicht nicht mal bis Chicago. Es ist nichts Aufregendes passiert. Deswegen möchte ich ja nach New York.

HARRY

Und da passiert dann was?

SALLY

Ja.

HARRY

Was denn?

SALLY

Ich gehe auf die Journalistenschule und werde Reporterin.

HARRY

Und dann schreibst du über Sachen, die anderen passieren?

SALLY

Tja, wenn du's so sehen willst.

HARRY

Und was ist, wenn doch nichts passiert? Nimm mal an, dir passiert dein ganzes Leben lang nichts. Du lernst niemanden kennen, du bringst es zu nichts, und am Ende krepierst du in deiner New Yorker Wohnung und kein Mensch merkt es, bis nach Wochen der Gestank in den Korridor wabert.

Ein Mann kommt in ein Restaurant

Ich esse mit Freundinnen im Restaurant zu Abend. Ein Mann, den ich kenne, kommt zu uns an den Tisch. Er ist bekanntermaßen ein netter Kerl. Seine Ehe ist ungefähr zur selben Zeit zerbrochen wie meine. Er sagt: »Wie kann ich dich erreichen?«

...

Wir können nicht alles machen

Ich sitze in einem kleinen Vorführraum und warte darauf, dass gleich ein Film beginnt. Der Raum füllt sich. Es gibt nicht genug Plätze. Die Leute drängen sich in den Gängen und schauen sich hilflos um. Ich sitze neben meinem Freund Bob Gottlieb und beobachte das alles. Der Regisseur des Films versucht das Problem dadurch zu lösen, dass er alle anwesenden Kinder darum bittet, ihre Plätze mit anderen zu teilen. Zunehmend frustriert schaue ich zu. Ich sage schließlich zu Bob: »Es ist wirklich ganz einfach. Jemand sollte Klappstühle holen und sie in die Gänge stellen.«

Bob sieht mich an. »Nora«, sagt er, »wir können nicht alles machen.«

Mein Hirn klart erstaunlich auf.

Nora. Wir können nicht alles machen.

Mir wurde soeben das Geheimnis des Lebens verraten.

Allerdings ist es vielleicht ein bisschen spät.

Ach, und übrigens

Neulich habe ich mir im Sale einen roten Mantel gekauft. Aber ich habe ihn noch nicht getragen.

Der verlorene Strudel oder Le Strudel Perdu

Essen verschwindet.

Ich meine nicht Essen als Gewohnheit, Essen als Erinnerung, Essen als Biographie, Essen als Metapher, Essen als Besorgnis, Essen als Liebe oder Essen als Katalysator wie in dieser berühmten Madeleine-Szene bei Proust, auf die sich Leute wie ich ständig beziehen, als hätten sie Proust gelesen, was in den meisten Fällen nicht stimmt. Ich meine Essen als Essen. Essen verschwindet.

Ich spreche von Krautstrudel, der ungefähr 1982 aus Manhattan verschwand und nach dem ich die letzten dreiundzwanzig Jahre gesucht habe.

Krautstrudel steht auf einer langen Liste von Speisen, die ich gern gegessen habe. Speisen, die es immer gegeben hat und dann auf einmal nicht mehr, angefangen mit Frozen Custard. Diese Köstlichkeit verschwand, als ich fünf Jahre alt war und meine Familie nach Kalifornien zog. Seitdem besteht mein Leben aus einer Reihe kleiner Abschiede.

Der Krautstrudel, von dem ich schreibe, wurde in einer äußerst unscheinbaren ungarischen Bäckerei auf der Third Avenue verkauft, die Mrs. Herbst's hieß. Das erste Mal probierte ich den Strudel 1968, und ohne sentimental klingen zu wollen, muss ich sagen, dass es so ziemlich das Einzige ist, woran ich mich aus meiner ersten Ehe erinnere. Krautstrudel sieht aus wie Apfelstrudel, ist aber kein Dessert; es ist eher wie Pirozhok, eine mit Hackfleisch gefüllte Teigtasche, die eine Spezialität der russischen Teestube war, aber ebenfalls verschwunden ist. Gegessen wird er zu Suppe oder als Beilage zu einer Hauptspeise wie Rinderbraten oder gebratenem Fasan (nicht dass ich je gebratenen Fasan zubereitet hätte, aber Krautstrudel würde zweifellos bestens dazu passen). Er hat eine buttrige, luftige und knusprige Blätterteigkruste (wie ich sie in meinem nächsten Leben lernen möchte, selbst zu machen, genauso wie ich dann von Proust mehr als nur das erste Kapitel lesen will), mit einer saftigen Füllung aus gedünstetem Kraut, das zugleich süß, pikant und wie alle guten Speisen vor allem unvergleichlich schmeckt. Es gab eine Zeit, da habe ich ziemlich oft Krautstrudel gegessen, und dann habe ich ihn irgendwie vergessen. Diese Periode betrachte ich als meine persönliche *temps perdu*, und beim Gedanken daran fühle ich mich aus verschiedensten Gründen schlecht, unter anderem weil mir nie in den Sinn gekommen ist, dass mein geliebter Krautstrudel vielleicht nicht mehr da sein könnte, wenn ich mich eines Tages an ihn erinnern würde.

Das hier ist New York, schon klar. Die Stadt beschert einem auch unschöne Überraschungen. Die Mieten steigen. Die Leute werden alt, und ihre Kinder wollen den Laden nicht mehr weiterführen. Und so kommt es dann, dass man auf der East Side steht und nach der ungarischen Bäckerei

Mrs. Herbst's sucht, die gerade noch da war, immer da gewesen ist, ein verdammtes Wahrzeichen war, ein Fixstern dieser Gegend, gewissermaßen ein bedeutender Teil des New Yorker Lebens, aber plötzlich verschwunden ist und sich niemand die Mühe gemacht hat, es einem zu sagen. Es ist traurig. Nicht so traurig wie das viele, das wirklich traurig ist, aber trotzdem traurig. Andererseits wird dieser Tiefschlag durch die Aussicht abgemildert, den verlorenen Strudel vielleicht irgendwie irgendwo wiederzufinden oder ihn vielleicht selbst so ähnlich hinzubekommen. Also ist man anfangs voller Hoffnung. Dann ist man voller Hoffnung entgegen aller Hoffnung. Und dann schließlich gibt man die Hoffnung auf. Denn genau das sind sie: die drei Phasen der Trauer im Umgang mit verlorenem Essen.

Der Strudel war nirgendwo zu finden. Stundenlang suchte ich im Internet nach einem Rezept, aber nichts klang auch nur annähernd nach dem Krautstrudel, den ich verloren hatte. Bei einer Cocktailparty stürzte ich mich hemmungslos auf einen Mann namens Peter Herbst, einem Zeitschriftenredakteur, den mein Mann mir als Mitglied der Herbst-Strudeldynastie angepriesen hatte, was aber letztlich nicht stimmte. Ich wandte mich an George Lang, den berühmten ungarischen Gastronom, der so freundlich war, mir ein Rezept für Krautstrudel zu schicken, aber ich probierte es aus, und es war einfach nicht dasselbe. (Leider ist es so, dass die meisten wahrhaft tragischen Fälle von verlorenem Essen alles Speisen sind, die für Hobbyköchinnen absolut jenseits des Machbaren liegen, selbst wenn diese gern einmal nach den Sternen greifen, so wie ich.)

Vor zwei Jahren ungefähr, als ich am absoluten Krautstrudeltiefpunkt angelangt war und es für meine Verzweiflung wirklich kaum noch Luft nach unten gab, wurde mir erneut das Herz gebrochen: Der Food-Autor Ed Levine erzählte mir, dass man den Strudel, nach dem ich suchte, in einer ungarischen Bäckerei namens Andre's in Rego Park, Queens, bekomme, allerdings nur auf Bestellung. Ed hatte ihn nicht selbst probiert, versicherte mir aber, ich brauche Andre nur anzurufen, und er werde ihn für mich machen. Sofort rief ich bei Andre an. Den Namen Ed Levine erwähnte ich so laut, dass man es selbst in New Jersey gehört haben dürfte. Ich sagte, Ed habe mir gesagt, Andre mache Krautstrudel, wenn ich ihn bestelle, was nun der Grund für meinen Anruf sei. Wenn nötig, gäbe ich auch eine Großbestellung auf. Tja, und wissen Sie was? Andre interessierte sich weder für Ed Levine noch für mich. Er weigerte sich, den Krautstrudel zu machen. Er sagte, er sei zu beschäftigt mit anderen Strudelarten. Und damit hatte sich die Sache erledigt.

Aber nicht für mich.

Diese Woche hörte ich erneut von Ed Levine. Er schrieb mir in einer E-Mail, dass die ungarische Bäckerei Andre's eine Filiale in Manhattan eröffnet habe, und zwar an der Ecke Second Avenue und Eighty-fifth Street. Krautstrudel würde dort ganz normal verkauft. Man müsse ihn nicht bestellen, man fände ihn dort einfach in der Auslage. Ed Levine hatte ein Stück davon gegessen. »Jetzt verstehe ich, warum Du die ganze Zeit von Krautstrudel geschwärmt hast«, schrieb er.

Am Tag darauf gingen mein Mann und ich zu Andre's. Es

war ein herrlicher New Yorker Wintertag – jedenfalls meine Version von einem herrlichen Wintertag, an dem man beinah keinen Mantel brauchte. Wir fanden die Bäckerei, die zugleich ein Café ist, wir traten ein und bestellten den Krautstrudel, und zwar erwärmt. Er wurde serviert. Ich hob die Gabel zum Mund und probierte ein Stück.

Ich erzähle Ihnen jetzt nicht, dass ich erschauerte (wie Proust, als er die Madeleines probierte); noch werde ich verkünden, dass »plötzlich die Wechselfälle des Lebens gleichgültig erscheinen, seine Unglücksfälle belanglos, seine Kürze nur scheinhaft«. Dazu bräuchte es weit mehr als Krautstrudel. Aber Andre's Krautstrudel war himmlisch: knusprig, aber zugleich saftig, pikant, aber zugleich süß und über die Maßen buttrig. Er schmeckte nicht genauso wie der von Mrs. Herbst, aber er war genauso köstlich, wenn nicht noch köstlicher. Allein durch den Geschmack war es, als könnte ich die Uhren zurückdrehen, als könnte ich die Konsequenzen eines Fehlers ungeschehen machen. Es war besser, als eine Bluse zurückzubekommen, die in der Reinigung verloren gegangen war, oder ein Handy zurückzuerhalten, das man im Taxi liegen gelassen hatte. Es war die Würdigung, dass man nie aufgegeben und sich immer einen Funken Hoffnung bewahrt hatte. Es war vieles, es war alles, es war nichts, aber hauptsächlich war es Krautstrudel.

Über Glückseligkeit

Ich bin gerade wieder aufgetaucht, nachdem ich mehrere Tage in einem Zustand vollkommener Glückseligkeit verbracht habe – mit einem Buch. Es war ein gnadenlos gutes Buch. Jede Sekunde mit diesem Buch war einfach gnadenlos gut. Es zog mich in seine Welt, erinnerte mich an vieles aus meinem eigenen Leben. Ich nahm Anteil an den Figuren. Ich fühlte mich lebendig, kraftvoll und voller Energie, sprudelte nur so über vor Ideen und Erinnerungen an andere Bücher, die ich gnadenlos gut gefunden hatte. In Gedanken verfasste ich ein Dutzend Briefe an den Autor, Briefe, die ich nie schreiben, geschweige denn abschicken werde. Ich schrieb Lobeshymnen. Ich schrieb Briefe, in denen ich den Autor in völlig unangemessene Details meiner eigenen Erfahrungen mit dem Thema einweihte. Ich schrieb sogar einen Beschwerdebrief, als eine der Figuren starb und ich untröstlich darüber war. Aber meist schrieb ich Dankesbriefe: der Zustand der Glückseligkeit, den ich durchlebe, wenn ich ein großartiges Buch lese, ist einer der Hauptgründe, weshalb ich lese, aber er stellt sich nicht jedes Mal ein und auch nicht jedes zweite Mal. Aber wenn er dann eintritt, bin ich völlig von der Rolle.

Als ich ein Kind war, versetzte mich so ziemlich jedes Buch, das ich las, in einen Glückszustand. Kann es sein, dass ich meine frühen Lektüreerfahrungen verkläre? Ich glaube nicht. Ich kann so viele Bücher aufzählen, die ich damals gelesen habe und später, als ich älter wurde, noch einmal – allen voran die Oz-Bücher, von denen ich besessen war –, aber auch so viele andere, die zwingend zu meinen Lieblingsbüchern gehörten. Ich hätte alles getan, um Jane Banks zu *sein* und in London mit Mary Poppins als Kindermädchen aufzuwachsen oder Homer Price zu sein und in Centerburg mit einem Onkel aufzuwachsen, der eine Donut-Maschine besaß, die unentwegt Donuts machte. Die kleine Sara Crewe in dem Klassiker *Sara, die kleine Prinzessin* von Frances Hodgson Burnett war mein Alter Ego – wenn auch natürlich nicht in echt; sie war ein viel artigeres Kind, als ich es jemals war –, aber ich war so verzaubert von der Geschichte des kleinen reichen Mädchens, das nach dem Tod des Vaters als Dienstmädchen arbeiten musste und in die Dachkammer des Internats verbannt wurde, wo sie doch eben noch eine behütete Schülerin gewesen war. Oh, wie sehr wünschte ich mir, eine Waise zu sein! Ich las die *Geschichte einer Nonne* und wollte so gern eine Nonne sein! Ich wollte schiffbrüchig auf einer einsamen Insel stranden, am Fuße des Krakatoa! Ich wollte Ozma sein und Jo March und Anne Frank und Nancy Drew und Eloise und Anne auf Green Gables – und in meiner Phantasie jedenfalls ging das auch.

Als Kind habe ich meistens auf meinem Bett oder auf einem Rattansofa im Wintergarten unseres Hauses gelesen.

Und etwas ist seltsam: Jedes Mal wenn ich ein Buch lese, das ich gnadenlos gut finde, erinnere ich mich an all die anderen Bücher, die mich in einen Zustand der Glückseligkeit versetzt haben. Ich weiß dann wieder sofort, wo ich gewohnt und auf welchem Sofa ich gesessen habe, als ich sie las. Als ich das College beendet hatte, ich wohnte in Greenwich Village, saß ich auf meinem nagelneuen Sofa aus breitem Cord und las *Das goldene Notizbuch* von Doris Lessing, diesen außergewöhnlichen Roman, der mein Leben und das Leben so vieler anderer junger Frauen in den Sechzigern verändert hat. Die Taschenbuchausgabe, die ich damals gelesen habe, besitze ich noch immer, und sie ist voller Eselsohren, weil ich eine Offenbarung nach der anderen markiert habe, um sie möglichst schnell wiederzufinden. Liest heutzutage noch irgendwer *Das goldene Notizbuch*? Ich weiß es nicht, aber damals, kurz bevor die zweite Phase der Frauenbewegung anbrach, war ich gefesselt von Lessings Heldin Anna und ihrem Kampf, ein Leben als freie Frau zu führen. Arbeit, Freundschaft, Liebe, Sex, Politik, Psychoanalyse, Schreiben – alles, was mich beschäftigte, gehörte zu Lessings Themen. Und ich weiß noch, wie oft ich das Buch kurz zur Seite legte, erschüttert von seiner Brillanz und seinen Einsichten.

Schnitt zu ein paar Jahren später: Das Sofa hat einen lila Schonbezug bekommen, und ich lese zum reinen Vergnügen *Der Pate* von Mario Puzo, ein himmlisches Buch, das mich mit sich reißt und in ein romantisches Delirium versetzt. Ich will ein Mafioso sein! Nein, das ist nicht ganz richtig so. Na gut, dann eben die Frau eines Mafioso!

Ein paar Jahre später bin ich geschieden. Keine große Überraschung. Das Sofa und ich sind in eine dunkle Wohnung in den West Fifties gezogen. Es ist ein Sommerwochenende, ich habe nichts weiter vor und müsste mich eigentlich einsam fühlen, aber das tu ich nicht: Ich lese die gesammelten Werke von Raymond Chandler.

Sechs Jahre später noch eine Scheidung. Wochenlang kann ich mich nicht konzentrieren, nicht zur Ruhe kommen und irgendetwas lesen. Eine Freundin, bei der ich vorübergehend wohne, drückt mir die Fahnen von *Agent in eigener Sache* in die Hand. Ich sinke aufs Bett im Gästezimmer und gebe mich glücklich John le Carré hin, obwohl ich noch mehr für seinen Helden schwärme: George Smiley, den Spion mit dem gebrochenen Herzen. Ich möchte, dass er über seine grauenhafte Exfrau hinwegkommt, die ihn betrogen hat. Ich möchte, dass George Smiley sich wieder verliebt. Ich möchte, dass sich George Smiley in mich verliebt. Wenn ich so darüber nachdenke, ist George Smiley genau der Typ Mann, den ich heiraten sollte, aber es nie tue. Ich merke mir für später, dass ich John le Carré einen Brief schreiben und ihm unbedingt von dieser Erkenntnis erzählen muss.

Aber unterdessen verliere ich mein lila Sofa im Zuge der Scheidung und kaufe mir ein neues Sofa, ein wunderbar weiches Ding, bezogen mit einem warmen, kuschligen Stoff, breiten Armlehnen, auf die man sich stützen, und riesigen Kissen, in die man sinken kann, je nachdem ob man im Sitzen oder im Liegen lesen will. Auf diesem Sofa lese ich das meiste von Anthony Trollope und alles von Edith Wharton, die beide tot sind, sodass ich ihnen nicht mehr schreiben kann. Wie schade. Zu gerne würde ich ihnen sagen, dass ihre Bücher noch immer genauso aktuell sind wie zu ihrer Entstehungszeit. Ich lese alles von Jane Austen, sechs Romane in einem Rutsch, und bringe ganze Tage damit zu, mir selig den Kopf darüber zu zerbrechen, ob die Liebespaare in jedem Buch die Missverständnisse, Bedenken, Irrtümer, charakterlichen Mängel, Standesunterschiede und all die anderen Hindernisse auf dem Weg zu einer erfüllten Liebe wohl überwinden. Ich lese diese Bücher mit einer Spannung, die derart intensiv ist, dass man nie darauf kommen würde, dass ich sie vorher mindestens schon zehnmal gelesen habe.

Und dann eines Tages lese ich schließlich einen Roman, der wahrscheinlich das Buch mit dem größten Glückseligkeitsfaktor meines ganzen Erwachsenenlebens ist. An einem wunderschönen Sommertag schlage ich auf einer Sonnenliege am Strand Wilkie Collins' Meisterwerk *Die Frau in Weiß* auf, das erste Werk der »Mystery Novel« überhaupt (auch wenn die Beschreibung ihm nicht gerecht wird), und vergesse alles um mich herum. Ganze Tage vergehen, während ich jedes Wort auskoste. Jede Minute, die ich getrennt von diesem Buch verbringe und vorgebe, an alltäglichen Dingen interessiert zu sein, fühlt sich elend an. Warum nur hatte ich dieses Buch erst so spät gelesen? Wann konnte ich endlich wieder zu ihm zurück? Als ich bei der Hälfte des Romans bin, fliege ich zurück nach New York, um einen Film fertigzustellen, und sitze im Tonstudio mit nur einem einzigen Gedanken: Wird meine Lieblingsfigur im Buch überleben? Ich würde es nicht ertragen, sollte meiner geliebten Marian Halcombe irgendetwas zustoßen. Ab und zu schaue ich vom Buch auf und sehe einen Raum voller Menschen, die von mir wissen wollen, ob die Musik zu leise oder der Donner zu laut ist, und mir ist unbegreiflich, warum sie nicht verstehen, dass das, was ich gerade tue, *So viel wichtiger ist.* Ich lese das tollste Buch überhaupt.

Es gibt den Begriff des Tiefenrauschs, und er bezieht sich auf das, was geschieht, wenn ein Taucher zu viel Zeit am Meeresgrund verbringt und nicht mehr weiß, wo es nach oben geht. Wenn er zu schnell aufsteigt, kann es recht schnell zur Dekompressionskrankheit kommen, bei der der Körper Probleme hat, sich wieder an den normalen Luftdruck an der Oberfläche anzupassen. All das passiert auch mit mir, wenn ich aus einem gnadenlos guten Buch auftauche. Das Buch, aus dem ich gerade aufgetaucht bin – und das ich zu Beginn dieses Essays erwähnte –, heißt: *Die unglaublichen Abenteuer von Kavalier & Clay* von Michael Chabon. Darin geht es um zwei Männer, die Comicfiguren erschaffen, aber es geht auch darum, wie Künstler aus den Ereignissen des täglichen Lebens Phantastisches und Magisches erschaffen. An einer Stelle im Buch gibt es ein Zimmer voller Nachtfalter, und ein paar Seiten weiter gibt es dann ein riesiges Exemplar des Nachtfalters *Actias luna* auf einem Ahornbaum im Union Square Park, das vom Mond beschienen wird – und wieder ein paar Seiten weiter wird all das neu erfunden als eine weibliche Comicheldin namens Luna Moth. Der Moment, in dem sich das Bild von etwas Gewöhnlichem in etwas Phantastisches verwandelt, war so voller Magie, dass ich das Buch weglegen musste. Ich war wie benommen von der Verspieltheit des Autors und seiner Fähigkeit, etwas so Schweres mit solcher Leichtigkeit hinzubekommen. Chabons Roman spielt im New York der vierziger Jahre, und obwohl ich das Buch vor über einer Woche beendet habe, bin ich noch immer dort. Ich rauche Camels, und im Zimmer nebenan ist Salvador Dalí bei einer Party. Irgendwann muss ich wieder anfangen, die Luft im New York von heute zu atmen, andererseits, vielleicht ja auch nicht. Ich suche mir einfach ein anderes gnadenlos gutes Buch und verschwinde darin. Wünschen Sie mir Glück.

Was ich gern früher gewusst hätte

Menschen sind nun mal so.

Kaufen, nicht mieten.

Man sollte niemals einen Mann heiraten, den man nicht gern zum Exmann hätte.

Man sollte nichts über ein Sofa legen, das nicht mehr oder weniger beige ist.

Man sollte niemals etwas kaufen, das zu hundert Prozent aus Wolle besteht, auch wenn es einem sehr weich und gar nicht kratzig vorkommt, wenn man es im Geschäft anprobiert.

Man kann nicht mit Leuten befreundet sein, die einen abends nach elf noch anrufen.

Man sollte unbedingt die automatischen Benachrichtigungen des Mailpostfachs abschalten.

Nach zweieinhalb Jahren verliert auch die tollste Babysitterin die Lust.

Man kann nie wissen.

Die letzten vier Jahre Psychoanalyse sind reine Zeitverschwendung.

Das Flugzeug wird nicht abstürzen.

An alles, was man mit fünfunddreißig an seinem Körper auszusetzen hat, denkt man mit fünfundvierzig wehmütig zurück.

Mit fünfundfünfzig bekommt man eine Speckrolle über der Taille, selbst wenn man entsetzlich dünn ist.

Diese Speckrolle direkt über der Taille ist von hinten besonders gut zu sehen und zwingt einen dazu, den halben Kleiderschrank auszumisten, vor allem die weißen Blusen.

Man sollte alles aufschreiben.

Man sollte ein Tagebuch führen.

Man sollte mehr Fotos machen.

Das leere Nest wird unterbewertet.

Man kann mehr als nur ein Dessert bestellen.

Man kann nie zu viele schwarze Rollkragenpullover besitzen.

Wenn der Schuh im Laden nicht passt, wird er nie passen.

Wenn man pubertierende Kinder hat, ist es wichtig, auch

einen Hund zu haben, damit sich wenigstens einer freut, wenn man nach Hause kommt.

Man muss immer Back-ups machen.

Man sollte alles versichern.

Wenn jemand sagt, »Unsere Freundschaft ist wertvoller als das«, sollte man vorsichtig sein, denn es stimmt meistens nicht.

Es gibt keinen Grund, warum man den Teig für eine Pie selbst machen sollte.

Das zweite Glas Wein ist schuld, dass man mitten in der Nacht aufwacht.

Sobald man beschließt, sich scheiden zu lassen, sollte man sich eine Anwältin suchen und die Scheidung einreichen.

Man sollte immer zu viel Trinkgeld geben.

Man sollte es sich nicht anmerken lassen.

Wenn nur ein Drittel der eigenen Garderobe ein Fehler war, ist man der Konkurrenz voraus.

Wenn befreundete Paare fragen, ob man die Vormundschaft für ihre Kinder übernimmt, falls sie bei einem Flugzeugabsturz sterben, kann man auch Nein sagen.

Es gibt keine Geheimnisse.

Was wäre denn die Alternative?

Als ich sechzig wurde, gab ich eine große Geburtstagsparty in Las Vegas, was zufällig eine meiner fünf Lieblingsstädte ist. Das ganze Wochenende tranken und aßen wir, spielten und hatten Spaß. Eine meiner Freundinnen warf am Craps-Tisch zwölfmal hintereinander unsere Pass-Line-Wette, und wir gewannen alle etwas Geld und kreischten wie verrückt, und ich ging wahnsinnig glücklich ins Bett. Der Zauber hielt mehrere Tage an, und dadurch gelang es mir, nicht darüber nachzudenken, was das alles bedeutete. Verdrängung gehört seit vielen Jahren zu meinem Leben. Tatsächlich bin ich ein Fan von Verdrängung. Mit einem Geburtstag dieser Art ließ sich nur dadurch umgehen, dass ich ihn aus meinem Kopf verbannte. Nichts an mir ist besser, als es mit fünfzig oder vierzig oder dreißig war, aber ich habe definitiv die beste Frisur aller Zeiten, mir gefällt meine neue Wohnung, und ich bedenke, wie man so schön sagt, meine Alternativen.

Ich bin jetzt seit vier Jahren sechzig, und wenn Sie das lesen, bin ich es wahrscheinlich schon seit fünf Jahren. Ich habe es überlebt, sechzig zu werden, ich war nicht begeistert, einundsechzig zu werden, ich war noch weniger begeistert, zweiundsechzig zu werden, es gefiel mir nicht besonders, dreiundsechzig zu werden, ich fand es grässlich, vierundsechzig zu werden, und fünfundsechzig zu werden wird der reinste Albtraum. Persönlich äußere ich mich nicht zu solchen Themen; persönlich bin ich fröhlich und *Unverbesserlich optimistisch.* Aber um schonungslos ehrlich zu sein: Es ist traurig, über sechzig zu sein. Überall künden länger werdende Schatten vom Ende, Freundinnen sterben und haben mit Krankheiten zu kämpfen. Ein melancholischer Schleier hängt über allem und zwingt einen, sich mit der Tatsache auseinanderzusetzen, dass das eigene Leben, trotz aller Freuden und allen Erfolgs, voller kleiner und großer Enttäuschungen und Fehler war. Manche Träume werden niemals ganz in Erfüllung gehen, manche Ziele werden niemals ganz erreicht. Da ist also Bedauern. Edith Piaf ist berühmt für ein Chanson mit dem Titel »Non, je ne regrette rien«. Es ist ein gutes Lied. Ich weiß, was sie damit meinte. Ich kann es nachvollziehen; ich könnte auch behaupten, nichts zu bedauern. Letztlich erwiesen sich alle meine Fehler als etwas, das ich überlebte, oder als witzige Geschichten oder hin und wieder sogar als kleine Geldgrube. Aber die Wahrheit ist: *Je regrette beaucoup.*

Es gibt alle möglichen Bücher für ältere Frauen. Soweit ich das beurteilen kann, sind sie durchweg optimistisch und voller Floskeln und Allgemeinplätze darüber, wie angenehm das Leben doch sein kann, wenn man von allen lästigen Verpflichtungen entbunden ist, die mit Kindern, der Monatsblutung und, in manchen Fällen, Ganztagsjobs einhergehen. Ich finde diese Bücher absolut unbrauchbar, so wie ich auch alle Bücher über die Menopause absolut unbrauchbar fand. Warum schreiben die Leute Bücher, in denen sie behaupten, dass das Ältersein besser wäre als das Jüngersein? Es ist nicht besser. Selbst wenn man noch fit ist im Kopf, entfällt einem ständig der Name der Person, die man vorgestern getroffen hat. Selbst wenn man in bester Form ist, kann man eine Zwiebel nicht mehr so schneiden wie früher, und man kann nicht mehr etliche Kilometer Fahrrad fahren, ohne Kandidatin für einen Streckverband zu werden. Wenn man noch arbeitet, ist man umgeben von jungen Menschen, die den Markt im Blick haben, die Demographie, den Zeitgeist. Sie wollen den Job, den man hat, und bald schon bekommen sie ihn auch. Wenn man das Glück hat, noch eine sexuelle Beziehung zu haben, hat man trotzdem nicht den Sex, den man früher einmal hatte. Und hinzu kommt, dass man keinen Bikini mehr tragen kann. Oh, wie sehr ich bedaure, dass ich damals, als ich sechsundzwanzig war, nicht das ganze Jahr lang einen Bikini getragen habe. Falls irgendwelche jungen Frauen das hier lesen: Zieht euch sofort einen Bikini an und zieht ihn erst wieder aus, wenn ihr vierunddreißig seid.

Neulich rief mich eine Zeitschriftenredakteurin an, die wie ich über sechzig ist. Ihre Zeitschrift wollte eine Ausgabe zum Thema Altern machen, und ich sollte einen Artikel dafür schreiben. Wir redeten über das Thema, und sie sagte: »Wissen Sie, was mich wahnsinnig macht? Warum sagen Frauen in unserem Alter immer ›zu meiner Zeit‹? *Jetzt* ist unsere Zeit.«

Aber es ist nicht unsere Zeit. Es ist *ihre* Zeit. Wir klammern uns nur weiter daran fest. Wir können keine Tanktops tragen, wir haben keine Ahnung, wer 50 Cent ist, und wir wissen nicht, wie man die meisten der Funktionen auf dem Handy benutzt. Wenn wir auf der Fernbedienung den falschen Knopf drücken und auf dem Bildschirm nur noch weißes Rauschen zu sehen ist, habe wir keine Ahnung, wie wir den Fernseher wieder so einstellen wie vorher. (Das ist der wahre Albtraum des leeren Nests: Die Kinder sind aus dem Haus, und sie waren die Einzigen, die wussten, wie die Fernbedienung funktioniert.) Technik ist garstig. Ich bekomme es mittlerweile nicht einmal mehr hin, die Knöpfe vom Autoradio dazu zu bewegen, dass sie meine Lieblingssender spielen. Die Gänge meines Fahrrads sind mir ein Rätsel. Meines Fahrrads! Und zum Glück hat mir niemand eine digitale Armbanduhr geschenkt. Falls also irgendjemand von meinen Freundinnen das hier liest: Bitte schenkt mir auf gar keinen Fall irgendetwas Digitales.

Erst neulich war ich in einem Laden in Los Angeles, die tatsächlich Jeans führen, die rauf bis zum Bauchnabel gehen, und erstaunt stellte ich fest, dass die Kundin unmittelbar vor mir Nancy Reagan war. So alt bin ich also: Nancy Reagan und ich kaufen im selben Laden ein.

Jedenfalls sagte ich zu der Redakteurin: »Da irren Sie sich, und zwar sehr, das ist nicht *unsere* Zeit, es ist *ihre* Zeit.« Aber sie war nicht zu bremsen. Sie sagte: »Na gut, dann habe ich eine andere Idee: Warum schreiben Sie nicht über die Scham des Alterns?« Ich sagte: »Suchen Sie sich jemanden, der erst fünfzig ist und darüber schreibt. Ich habe die Scham des Alterns schon hinter mir gelassen, falls ich überhaupt mal so etwas empfunden habe. Ich bin einfach froh, dass ich noch lebe.«

Na ja, der Punkt ist jedenfalls, dass ich nicht weiß, warum so viel Unsinn übers Alter geschrieben wird, auch wenn ich bestens verstehe, dass niemand lesen will, wie beschissen das Älterwerden ist. Unsere Generation hat gelernt, dass man gegen fast alles etwas unternehmen kann. Wir sind aktiv, verdammt, wir sind sogar proaktiv. Wir denken positiv. Wir haben die Macht. Wir nehmen jeden Ratschlag ernst. Wenn eine Pille hilft, nehmen wir sie. Wenn es hilft, in einer Sache völlig aufzugehen, gehen wir völlig darin auf. Wenn wir von der neuesten aberwitzig teuren Gesichtscreme hören, die die Zeit angeblich zurückdreht, ziehen wir los und kaufen sie, obwohl wir wissen, dass die letzten fünf Gesichtscremes, auf die wir hereingefallen sind, völlig wirkungslos waren. Wir lösen Kreuzworträtsel, um Alzheimer vorzubeugen, und essen sechs Mandeln pro Tag, um Krebs vorzubeugen; wir tasten uns selbst ab, um alles zu finden, was noch im Keim erstickt werden kann. Wir haben die Kontrolle. Wir sitzen am Steuer. Wir sind auf der Höhe der Zeit. Wir erstellen Listen. Wir erwägen unsere Optionen. Wir surfen im Netz.

Manche Dinge jedoch sind eindeutig und definitiv völlig unkontrollierbar.

Ich tanze um das T-Wort herum, aber ich will auch nicht kokettieren. Wenn man die sechzig überschreitet, steigt die Wahrscheinlichkeit, dass man stirbt oder auf dem Weg in die Grube schrecklich krank wird. Der Tod ist ein Scharfschütze. Er trifft Menschen, die man liebt, Menschen, die man gern hat, Menschen, die man kennt. Er lauert überall. Man kann immer als Nächste an der Reihe sein. Aber dann ist man es doch nicht. Aber dann könnte man es doch wieder sein.

In der Zwischenzeit sterben Freundinnen und Freunde, und man ist ihrer nicht nur beraubt, nicht nur trauernd, nicht nur schuldig, sondern völlig hilflos. Es gibt nichts, was man tun kann. Jeder Mensch stirbt.

»Wie lautet die Antwort?«, fragte Gertrude Stein Alice B. Toklas, als Stein im Sterben lag.

Es gab keine Antwort.

»Wie lautet dann die Frage?«, fragte Stein.

Tja, genau.

Tja, nicht ganz genau. Hier sind ein paar Fragen, über die ich ständig nachdenke: Soll man prassen, oder soll man horten? Soll man jeden Tag leben, als sei es der letzte, oder soll man sein Geld sparen, falls man doch noch zwanzig Jahre lebt? Ist das Leben zu kurz, oder wird es zu lang? Soll man so hart arbeiten wie nur möglich, oder soll man einen Gang runterschalten und es sich gut gehen lassen? Und wie passen Kohlenhydrate in all das hinein? Müssen wir in unseren letzten Lebensjahren wirklich auf Brot verzichten, obwohl es mittlerweile so unfassbar köstliches Brot in Amerika gibt? Und was ist mit Schokolade? Das ist eine Frage an Sie, Gertrude Stein: Was ist mit Schokolade?

Meine Freundin Judy ist letztes Jahr gestorben. Sie war der Mensch, dem ich alles erzählt habe. Sie war meine beste Freundin, meine Bonusschwester, meine wahre Mutter, manchmal sogar meine Tochter, sie war all das, und eines

Tages rief sie mich an, um mir zu sagen: »Was Komisches ist passiert, da ist ein Knoten auf meiner Zunge«. Ein knappes Jahr später war sie tot. Sie war sechsundsechzig Jahre alt. Sie wollte nicht sterben, bis zum Ende nicht. Sie starb einen schrecklichen Tod. Und nun ist sie fort. Ich denke jeden Tag an sie, manchmal sechs- oder siebenmal am Tag. Genau jetzt um diese Zeit sind wir früher immer zusammen zur Frühlingsgarten- und Antiquitätenausstellung gefahren. Den Kaminschirm nebenan hat sie bei dieser Antiquitätenausstellung in einer Ecke entdeckt, und über dem Kamin hängt ein Bild mit einer Möwe, das sie mir noch vor zwei Jahren geschenkt hat. Gerade ist Juni, der Monat, in dem immer eine von uns Maisbrotpudding gemacht hat, ein aberwitziges Rezept mit Maisbrotbackmischung und Dosenmais, das wir beide geliebt haben. Sie machte ihren mit saurer Sahne und ich meinen ohne. »Hallo, Süße«, sagte sie immer, wenn sie anrief. »Hallo, Schöne.« »Hallo, mein Schatz.« Ich glaube nicht, dass sie mich oder irgendwen anders, den sie kannte, je mit dem Vornamen angeredet hat. Ich habe ihren weißen Kaschmirschal. Nach ihrem Tod trug ich ihn tagelang. Ich wickelte mich darin ein. Ich schlief sogar damit. Aber jetzt ertrage ich es nicht mehr, ihn umzulegen, weil es sich anfühlt, als wäre es alles, was von meiner Judy übrig ist. Ich möchte mit ihr sprechen. Ich möchte mich zum Mittag mit ihr treffen. Ich möchte, dass sie mir ein Buch gibt, das sie gerade gelesen hat und klasse fand. Sie ist mein Phantomglied, und ich kann nicht fassen, dass ich hier ohne sie bin.

Wenige Monate, bevor der Knoten auf ihrer Zunge entdeckt wurde, gingen Judy und ich zum Geburtstagslunch einer Freundin. Es war ein schwieriges Jahr gewesen; kaum eine Woche war ohne schreckliche Neuigkeiten über den Gesundheitszustand von irgendjemandem vergangen. Ich sagte bei Tisch: »Was wollen wir denn jetzt tun? Sollten wir nicht darüber reden? Das ist aus unserem Leben geworden. Der Tod ist überall. Wie gehen wir damit um?« Unsere Geburtstagsfreundin sagte: »Oh, bitte, wir wollen nicht so morbide sein.«

»Ja, wir wollen nicht so morbide sein.«

»Besser nicht.«

Andererseits wollte ich mit Judy über den Tod sprechen, ehe eine von uns krank wurde oder im Sterben lag. Ich wollte eines dieser offenen Gespräche führen, bei denen man bespricht, *Was man sich wünscht im Fall des Falles.* Nun ja, ich sage »Fall des Falles«, aber das ist besonders seltsam an dem ganzen Thema. Der Tod fühlt sich nicht wirklich unausweichlich an. Er fühlt sich trotz allem … irgendwie vermeidbar an. Aber das ist er nicht. Im Grunde wissen wir, dass wir alle sterben werden, aber auf irgendeiner Ebene glauben wir es nicht so ganz.

Aber ich wollte dieses Gespräch mit Judy führen, damit wir dann, wenn das Unvermeidliche eintrat, genau wussten, welche Vorstellungen jede von uns hatte, damit wir einander helfen konnten, so zu sterben, wie auch immer wir sterben wollten. Doch als sie den Knoten entdeckten, führten wir das Gespräch natürlich nicht mehr. Patientenverfügungen verfassen sich leichter, wenn man am Leben ist, als wenn man womöglich stirbt; sie sind die ultimativen Hypothesen.

Und welchen Unterschied hätte es gemacht, wenn wir dieses Gespräch geführt hätten? Solange man nicht krank ist, hat man absolut keine Ahnung, wie man sich fühlt, wenn es so weit kommt. Man kann sich ausmalen, dass man tapfer sein wird, aber genauso gut kann es sein, dass man schreckliche Angst hat. Man kann hoffen, dass man einen Weg findet, den Tod zu akzeptieren, aber genauso gut kann es sein, dass man sich wie verrückt gegen ihn wehrt. Man hat keine Ahnung, was für eine Prognose man bekommt oder wie man darauf reagiert oder welche Optionen man sonst noch hat. Man weiß nicht, ob man je die Wahrheit über seine Prognose erfährt, denn die eigentliche Frage lautet doch: Was ist die Wahrheit, und wer wird sie uns sagen, und wollen wir sie überhaupt hören?

Mein Freund Henry ist vor ein paar Monaten gestorben. Er war einer von denen, die wir als die Glücklichen bezeichnen. Er starb mit zweiundachtzig nach einem erfüllten, satten und erfolgreichen Leben. Er war glänzend mit seiner Makuladegeneration zurechtgekommen – fast zwei Jahre lang ahnte keiner von seinen Freunden, dass er nichts sehen konnte –, und dann schrieb er ein Buch darüber, blind zu werden, das wahrscheinlich alle seine Errungenschaften überdauert, von denen jede beachtlich war. Er starb an Herzversagen, friedlich im Schlaf, umgeben von seiner ihn liebenden Familie. Am Tag vor seinem Tod bat er um eine große braune Mappe aus seinem Büro. Sie war voller Liebesbriefe aus früheren Jahren. Er schickte sie den Frauen zurück, die sie geschrieben hatten, schrieb jeder von ihnen ein paar liebevolle Zeilen und zerstörte den Rest.

Außerdem hinterließ er detaillierte Anweisungen für seine Beerdigung, einschließlich der Musik, die er sich wünschte. Das alles hatte er ausführlich in einer Datei auf seinem Computer festgehalten, die er »Ende« nannte.

Ich bewundere Henry und die Art, wie er mit seinem Tod umgegangen ist. Es ist inspirierend. Und trotzdem kann ich mir nicht vorstellen, wie sich das auf meinen Tod übertragen lässt. Zum einen habe ich es geschafft, alle meine Liebesbriefe zu verlieren. Auch wenn es nicht allzu viele waren. Und falls ich sie je wiederfinden und an die Männer zurückschicken würde, die sie mir geschrieben haben, wären sie mit Sicherheit völlig verwirrt. Seit Jahren habe ich von keinem dieser Männer gehört, was nur beweist, dass sie alle bestens über mich hinweggekommen sind. Was die Anweisungen für meine Beerdigung betrifft, würden mir wahrscheinlich ein paar Sachen einfallen. Falls es im Anschluss einen kleinen Empfang geben sollte, wüsste ich beispielsweise, was es zu essen geben soll: diese kleinen Sandwichhäppchen aus diesem Laden namens William Poll auf der Lexington Avenue. Und Champagner wäre schön. Ich liebe Champagner. Er ist so festlich. Aber abgesehen davon habe ich keine Ahnung. Ich habe noch nicht einmal entschieden, ob ich begraben oder eingeäschert werden will. Vor allem deshalb, weil ich mir immer Gedanken gemacht habe, dass eine Einäscherung die Chance senkt, dass man wiedergeboren wird. (Falls es so etwas gibt.) (Gibt es nicht, ich weiß.) (Aber trotzdem.)

»Ich will nicht sterben«, sagte Judy.

»Ich glaube an Wunder«, sagte sie.

»Ich liebe dich«, sagte sie.

»Kannst du das glauben?«, sagte sie.

Nein, kann ich nicht. Kann ich noch immer nicht.

Aber wir wollen nicht so morbide sein.

Wir wollen uns kleine Smileys aufs Gesicht pappen.

LOL.

Esst, trinkt und seid fröhlich.

Nutze den Tag.

Das Leben geht weiter.

Es könnte schlimmer sein.

Und das stets beliebte: »Was wäre denn die Alternative?«

Und in der Zwischenzeit: Da wären wir.

Was können wir tun?

Ich weiß es nicht. Ich hoffe, das ist klar. In wenigen Minuten bin ich fertig mit diesem Essay und kehre wieder ins eigentliche Leben zurück. Eichhörnchen haben ein Loch ins Dach genagt, und wir wissen noch nicht genau, was wir tun sollen. Bald wird es regnen; wahrscheinlich sollten wir die Kissen reinholen. Ich brauche neues Badeöl. Und das erinnert mich daran, etwas über Badeöl zu sagen. Ich benutze dieses grandiose Badeöl. Es heißt Zitronen Bad und ist von Dr. Hauschka. Eine Flasche kostet ungefähr zwanzig Dollar, und wenn man sich an die Anleitung hält, reicht sie für zwei Wochen. In der Anleitung steht, eine Kappe voll pro Bad. Aber mit einer Kappe kommt man nicht weit. Eine Kappe voll ist nicht genug. Ich weiß das schon lange. Aber falls ich irgendetwas aus den Ereignissen der letzten Jahre gelernt habe, dann wohl, dass ich mich wie eine Idiotin fühlen würde, wenn ich morgen sterbe und heute am Badeöl geknausert habe. Darum benutze ich reichlich Badeöl. Mehr, als Sie sich vorstellen können. Wenn ich gebadet habe, glänzt meine Badewanne so gefährlich wie ein Ölteppich. Aber dank dem Badeöl ist meine Haut seidenweich. Ich werde mir noch eine Flasche kaufen. Jetzt gleich. Machen Sie's gut.

Danksagung

Ich danke Amanda Urban, Delia Ephron, Jerome Kass, David Remnick, Amy Gross, Shelley Wanger und Bob Gottlieb.

Zudem danke ich all den Menschen, die alles gegeben haben, um die Auswirkungen der Schwerkraft bei mir aufzuhalten. Dank Ihnen sehe ich ungefähr ein Jahr jünger aus, als ich bin. Sie wissen, wer gemeint ist.

Die Autorin

Nora Ephron war die Erfinderin der romantischen Komödie der Neunzigerjahre, die Macherin von berühmten modernen Klassikern wie *Harry und Sally*, *e-m@il für Dich* und *Julie & Julia*. Sie war Bestsellerautorin und galt in den Achtziger und Neunzigerjahren als Vorreiterinnenfigur für den modernen weiblichen Journalismus. Heute ist sie Vorbild vieler junger Schriftstellerinnen. Nora Ephron starb 2012 in ihrer Heimatstadt New York.

Die Übersetzerin

Maria Hummitzsch studierte Übersetzung, Afrikanistik und Psychologie. Sie hat unter anderem Werke von Imbolu Mbue und Lisa Taddeo ins Deutsche übertragen. Sie lebt mit ihrer Familie in Leipzig.